살아 있는 것은 아프다

아픈 사람이나 아픈 사람을 사랑하는 사람이나, 자신이 바라던 것이 아닌 것을 경험한 적 있는 사람이라면 이 책을 읽으라고 권하고 싶다. 토니 버나드는 자기 경험의 깊은 고통과 그것과 똑같은 깊은 기쁨을 우리와 함께 나눈다. 우리 자신이 처한 상황의 고통을 인정하고, 어떠한 일이 생기더라도 기쁨과 만족감을 여전히 찾을 수 있도록. 병에 의해 인생이 극적으로 제한된 이후에도 삶에 온전히 뛰어들고 그 과정을 우리와 나누려는 그녀의 의지는 우리 모두에게 영감을 주어, 우리 자신의 삶을 좀 더 충실하게 살도록 만든다.
—리자베스 로머, 《불안을 통해 배우는 마음챙김 명상법》 공동 저자

육체적 건강을 잃을 때 우리는 삶을 잃은 것처럼 보일 수 있다. 흔들림 없는 진실성과 깊은 통찰을 통해 토니 버나드는 어떻게 상실이 감사와 사랑, 이해를 위한 새로운 길을 열 수 있는지 보여 준다.
—타라 브래치, 《근본적으로 받아들이기》 저자

아픔을 환영해야 할 대상으로 보도록 용기를 주는 책. 왜냐하면 우리가 아플 때 출구가 되어야 하는 것이 바로 그 장애물이므로. 이 책은 어려움을 겪고 있다고 해서 자기 자신을 틀린 사람 취급하지 말라고 말한다.
—존 태런트, 《당신의 삶을 구원할 코뿔소와 그 밖의 화두》 저자

고통 속에서 품위와 균형을 찾는 방법에 대한 지침
—크리스티나 펠드먼, 《여성이여 깨어나라》 저자

토니 버나드는 인생이 질병으로 황폐화된 이들에게 생명줄을 던진다. 그리고 고통을 평화로, 심지어 기쁨으로까지 변화시키는 방법을 보여 준다.
—린 로이스터, 드폴 대학교 '만성질환 이니셔티브' 책임자

이 책에서 도움을 얻기 위해 당신이 아플 필요는 없다. 이 책은 인생을 온전히 살아가는 방법에 대한 책이다.
—조이 셀락, 《넌 아픈 사람처럼 보이지 않아!》 저자

이 책은 삶에서 두려움과 다툼을 조용히 내려놓게 해 주는 초대장과 같다. 토니 버나드는 심오한 불교 교리를 자신의 만성병과 때때로 몸을 쇠약하게 만드는 아픔에 조심스럽게 적용한다. 질병과 행복에 대한 다른 관점을 제공하면서 이 두 가지가 서로 공존할 수 있음을 알려 준다.
—《사이칼러지 투데이》

토니 버나드가 불교를 적용하는 방식은 깊이가 있고, 그녀의 통찰력은 부드러우면서도 솔직하다. 변함없이 지속되는 신체적 질병이 불러온 정신적 고통을 줄이기 위해 시대를 초월한 붓다의 지혜를 이용하기로 한 그녀의 결정으로부터 다른 사람들은 힘을 얻을 수 있을 것이다.
—《퍼블리셔스 위클리》

평화롭게 만족하며 사는 것은 삶이 잘 흘러가고 있을 때는 어렵지 않다. 그러나 우리 인생이 일순간에 뒤바뀌고, 어려움과 고난에 의해 뒤흔들리면 어떻게 해야 하는가? 이 책은 만성병이나 생명을 위협하는 질병을 다루는 방법에 대한 영감을 주는 안내서이지만, 사실은 그 이상이다. 매 장마다 우리 삶의 미천한 곳에서 가장 고귀한 진리를 발견하는 법을 다루고 있다. 이 책은 '병과 함께 살아가는 법'이 주제이지만 사실은 살아가는 법에 대한 책이다.
—짐 팔머, 《거침없이 신의 품으로 달려가다》 저자

우리가 통제할 수 없는 상황, 우리가 바꿀 수 없는 환경에 대해 가장 현명하게 반응하는 것은 그 상황을 다툼 없이 받아들이는 것이라는 사실은 문화와 전통을 초월한, 인간의 근본적인 진실이다. 이 책에서 토니 버나드는 오랫동안 불교 전통 속에서 마음공부와 명상 수행을 했던 것이 온화한 받아들임 그리고 자비로운 태도로 자신의 상황을 수용하는 데 도움이 되었음을 보여 준다.
—실비아 부어스타인, 《행복은 내부 작업》 저자

이 책을 놓치지 마라. 그리고 제목 때문에 오해하지 마라. 이 책은 아픈 상태에 대한 책이 아니라 지금 이 순간 살아 있는 법에 대한 책이다. 실용적이면서도 말할 수 없이 깊이 있는 이 책은 인생과, 인간 정신의 인내력과, 인간관계를 유지하는 힘에 대한 사랑의 책이다.
—아릴다 브릴, 《강가에서 춤을》 저자

살아 있는 것은 아프다

토니 버나드 | 이현 옮김

문학의숲

내 몸에는 병이 있지만 '나'는 아프지 않다.

아프지 않은 이 '나'는 누구인가?

이에 대한 해답은 나에게 여전히 신비로 남아 있다.

이 신비는 강력하고 매우 흥미롭다.

그리고 나를 더없이 자유롭게 한다.

살아 있는 것은 아프다

1판 1쇄 인쇄 · 2012년 7월 15일
1판 1쇄 발행 · 2012년 7월 20일

지은이 · 토니 버나드
옮긴이 · 이현

발행처 · 문학의숲
발행인 · 고세규

신고번호 · 제300-2005-176호
신고일자 · 2005년 10월 14일

주소 · (121-896) 서울시 마포구 동교로13길 34(서교동 474-13)
전화 · 02-325-5676
팩스 · 02-333-5980

값은 표지에 있습니다.
ISBN 978-89-93838-18-3   03840

차례

내 마음속 특별한 장소의 사람들에게

한국에 있는 나의 모든 친구들에게 인사드립니다.

내가 쓴 책의 첫 번역서가 한국에서 출간되어 무척 설렙니다. 한국은 내 마음속에 특별하게 자리 잡고 있는 곳입니다. 나의 딸아이가 한국에서 태어났기 때문입니다. 아이는 서울에서 태어났고, 네 살 때 남편과 나는 그 아이를 입양했습니다. 아이 이름은 마라입니다. 지금 30대 후반이고, 내가 사는 곳에서 여섯 시간 정도 거리인 로스앤젤레스에 살고 있습니다. 이 책은 그 아이와 그 아이의 딸인 손녀 멀리아에 대한 이야기로 가득합니다. 한국에 있는 사람들이 이 책을 읽게 되리라는 사실에 나와 가족들이 왜 이토록 설레는지 이해할 수 있을 것입니다.

서로 다른 문화에는 다른 전통들이 존재한다는 사실을 알고 있습니다. 하지만 만성적인 고통과 질병은 하나의 다리 역할을 하여 우리가 자비로운 마음으로 서로에게 연결되도록 만들 수 있습니다. 그것은 국경이나 문화적인 경계와 상관없는 것이기 때문입니다. 당신이 한국에서 아파하고 고통을 받고 있든 미국에서 그러하든 관계없이 우리들이 직면하는 도전들은 똑같습니다. 이 책이 한국에 있는 독자들에게 도움이 되는 실제적인 도구들을 많이 제공할 것이라고 확신합니다.

미국에서 불교는 전통이 오래되지 않았지만 불교를 믿는 사람들이 늘어 가고 있고, 한국의 선 사상도 여기에 많은 영향을 주었습니다. 이 책에는 숭산 선사의 가르침도 일부 들어 있습니다. 숭산은 몇십 년 전 미국으로 건너오기 전에 한국에서 선불교 승려였던 분입니다. 하지만 반가운 소식은 이 책을 이해하기 위해 여러분이 불교에 대한 지식을 가지고 있을 필요는 없다는 점입니다. 사실 나는 온갖 배경과 종교를 지닌 사람들로부터 이 부분에 대해 긍정적인 평가를 받고 있습니다.

《살아 있는 것은 아프다 *How to Be Sick*》는 명상 수행에 중점을 둔 책입니다. 이 책에서 배울 수 있는 것들은 다음과 같습니다. 분노나 좌절감과 같은 고통스러운 감정을 자기 자신과 타인에 대한 자비로움으로 바꾸는 방법, '나는 가족에게 짐이 되는 존재야.' 혹은 '아무도 나에게 신경을 쓰지 않아.'처럼 수많은 고통을 불러일으키는 생각들의 타당성에 의문을 품는 방법, 힘들게 애쓰고 있는 육체를 다정하고 자비롭게 대함으로써 건강상의 문제에 자주 수반되는, 스스로를 탓하는 생각을 그만둘 수 있게 하는 방법, 배우려고 목표했던 것들, 직업, 활발했던 사회생활을 잃게 된 것처럼 예상하지 못했던 그토록 많은 상실에도 불구하고 평정심과 기쁜 마음으로 살아가는 방법, 증상들의 기복에 낙담하지 않고 견디는 방법, 생각과 감정을 현재 순간에 둠으로써 미래에 대한 두려움이나 걱정을 이겨 내는 방법, 외로움을 고독이라는 만족스러운 상태로 변화시키는 방법, 사랑하는 사람이 지금 이대로가 아닌 다른 상태가 되기를 고통스럽게 열망하지 않으면서 그들에게 지워진 제약들을 비통함 없이 받아들이는 방법, 좌절감과 조급함이 다가오는 것을 막으면서 의료보험 제도를 알아보고 최대한의 서비스를 받는 방법, '아픈 사람'이라는 견고하고 고정된 정체성을 벗어 던지는 방법 등입니다.

이 책의 더 핵심적인 주제는 이것입니다. 아픔을 반드시 극복하고 퇴치해야 한다고 믿는 문화 속에서 우리는 살고 있습니다. 우리는 회복하는 데만 너무 몰두한 나머지 실제로는 건강을 해치기도 합니다. 아픔을 물리치려고 할 때 그 아픔은 더 큰 존재감을 가지고 우리의 삶에 고통으로 다가옵니다. 붓다가 그의 첫 가르침에서 설파했듯이, 아픔은 모든 존재의 기본 조건입니다. 따라서 살아 있다는 것은 곧 아픔을 경험한다는 것이고, 아픔을 경험한다는 것은 전혀 잘못된 일이 아닙니다. 중요한 것은 우리가 어떻게 하면 존재의 기본 조건인 이 아픔이 다가올 때 평정심을 잃지 않고 받아들이는가 하는 것입니다. 그리고 그 아픔을 존재의 진리를 깨닫는 도구로 사용하는가 하는 것입니다. 아플 때나 건강할 때나 우리의 몸은 깨달음의 훌륭한 도구가 될 수 있습니다.

책을 읽고 난 여러분의 의견을 듣고 싶습니다. 홈페이지 www.howtobesick.com을 방문하면 책에 대한 더 많은 정보를 볼 수 있고 우리 가족의 사진도 볼 수 있습니다. toni@tonibernhard.com으로 직접 연락해도 좋습니다.

여러분이 이 책을 즐겁게 읽게 되기를 진심으로 바랍니다.

2012년 7월

캘리포니아 주 데이비스에서

토니 버나드

당신에게 남은 삶이 얼마든

하나, 일곱, 셋, 다섯
이 세상 어디에도 의지할 곳은 없네.
밤이 내리면 바다는 달빛으로 흘러넘치고
여기 용의 입 속에
아름다운 보석이 많이 있네.
설두 중현(980~1052, 중국의 고승)

*

2001년 5월, 나는 병에 걸렸고 다시는 회복되지 못했다.

2008년 여름은 만성병과 더불어 살아온 지 7년이 되는 시기였다. 그해 여름의 어느 날 밤 10시 무렵, 남편이 침실로 들어오더니 이제는 나의 보금자리가 되어 버린 침대 위로 올라와 내 옆에 누웠다. 시부모님은 남편의 이름을 토나Tony라고 지었고 나의 부모님은 내 이름을 토나Toni라고 지었다. 우리는 대학에서 서로의 룸메이트와 데이트를 하다가 만났다. 1963년 11월 22일 아침, 그는 케네디 대통령이 저격당했다는 소식과 함께 내 아파트의 현관문을 두드렸고, 그 이후로 토니와 나

15

는 한 번도 헤어진 적이 없다. 밤이 찾아와 이 시각 무렵이 되면 나는 마치 전자총에 맞은 것처럼 변한다. 토니와 나는 이것을 '전기 충격기에 맞은 상태'라고 부른다. 멍하니 허공을 응시하는 것 외에는 내 몸을 움직이거나 다른 일을 하기가 대체로 어렵다는 뜻이다.

내가 먼저 토니에게 인사를 건넸다.

"내가 아프지 않았으면 좋겠어."

토니가 대답했다.

"나도 당신이 아프지 않았으면 좋겠어."

잠시 정적이 흐르고 우리는 둘 다 웃기 시작했다.

"그래, 이제는 그 말이 필요 없겠어."

그것은 우리 두 사람에게 돌파구가 된 순간이었다.

우리는 그 말들을 2001년 여름 이래로 수십 차례 나누었지만 그 말들로 인해 우리가 슬퍼하거나 종종 눈물을 흘리는 대신 웃게 되기까지는 7년이라는 세월이 걸렸다. 이 책은 토니와 내가 어떻게 눈물로부터 웃음으로 옮겨 갔는지에 대한 이야기이다. 물론 언제나 웃게 되는 것은 아니지만 그 정도면 충분한 웃음이다.

이 책을 통해서 나는 만성병 환자들과 그들을 보살피는 사람들이 병으로 인한 어려움에 직면할 때 그들에게 도움을 주고 영감을 주고 싶었다. 그 어려움에는 다만 사라지지 않는 증상과 씨름하는 것, 좀 더 고립된 상태의 생활을 받아들이는 것, 미래에 대한 두려움을 헤쳐 나가는 것, 다른 사람의 오해에 맞닥뜨리는 것, 의료보험 제도를 알아보는 것들이 포함된다. 또한 배우자와 연인 등 환자를 보살피는 사람들이 자신의 삶에 예기치 않게 일어난, 때로 갑작스럽기도 한 그토록 많은 변화에 적응하는 것도 포함된다.

1장과 2장에서는 내가 병에 걸리게 된 과정과 토니와 나를 당혹스럽게 만들며 그 병이 지속된 이야기에 대해 썼다. 3장부터는 종종 '다르마'(가르침 혹은 진리)라고 불리는 붓다의 가르침에 의지하여 '병과 더불어 살아가는 법'이라는 영적 수행을 어떻게 배웠는지에 대해 썼다. 즉 육체적 제약과 활동성의 한계에도 불구하고 어떻게 평정심과 기쁨의 삶을 살 수 있는지에 대한 이야기이다. 나는 간단한 수행법들을 소개했는데 이것들은 전통 불교에 속한 것에서부터 만성병 환자가 된 뒤에 내가 고안한 것들까지 그 범위가 다양하다. 나에게 특히 도움이 된 바이런 케이티의 '작업'도 한 장 전체에 포함시켰다.

이 책에 나오는 수행의 효과를 얻기 위해 당신이 불교도가 될 필요는 없다. 내가 제안한 수행이 당신에게 잘 맞으면 그것을 실제로 연습해 보기 바란다. 그것이 당신 가슴과 마음과 몸속으로 들어올 때까지 계속해서 연습하기 바란다. 그리하여 당신이 만성병 환자나 그를 보살피는 사람이 된 후 어려움에 직면하게 되면 그것이 그 어려움에 대한 자연스러운 반응이 될 때까지.

나는 이 책을 엄청난 어려움을 겪으면서 천천히 준비하여 엮었다. 침대에 누워 노트북을 내 배 위에 올려놓고 자료들을 이불 위에 어질러 놓은 채 팔이 닿는 위치에 프린터를 두고서 책을 썼다. 어떤 날에는 한 주제에 몹시 몰두해서 너무 오랫동안 작업한 결과, 증상이 악화되어 며칠 동안 심지어는 몇 주 동안 전혀 글을 쓸 수 없게 되기도 했다.

책을 준비한다는 생각조차 할 수 없을 정도로 너무 아팠던 시기도 있었다. 그러면 몇 개월 동안 이 일에 손대지 못한 채 계속 내버려두게 되었다. 몸이 그렇게 아픈 것은 때때로 마음 상태에도 매우 큰 영향을 미쳤다. 그리하여 내가 가장 어두웠던 시기에는 절망 속에서 과연 이 책을 끝마칠 수 있을지 의심하면서 내가 한 일들을 전부 내던져 버리려는 생각도 했었다.

그러나 마음 상태는 왔다 갔다 한다. 이 책이 다른 사람들에게 도움이 되기를 희망하면서 마침내 나는 책을 끝마치기로 마음먹었고 그것을 계속 밀고 나갔다. 붓다의 가르침은 이렇게 아팠던 시기에도 나에게 영감과 위안을 주었다. 붓다와 그의 가르침이 만들어 낸 불교 종파들은 단순하면서도 도움이 되는 수행법을 많이 제공한다. 그것들은 건강한 사람에게나 아픈 사람에게나 인생의 굴곡을 헤쳐 나가야 할 때 안내자 역할을 한다.

이 책을 쓰게 된 계기는 내가 아주 잠시 동안 알았던 한 사람에게서 나왔다. 너무도 제한적인 환경이었기 때문에 이름의 철자조차 모르는 여성이다. 1999년, 나는 '영혼의 바위'(스피릿 락) 명상 센터에서 열흘 동안의 침묵 명상에 참가하고 있었다. 여느 때처럼 우리는 수행 기간 중에 '일 명상'이라는 것을 했다. 그것은 명상 프로그램이 원활하게 돌아가도록 만들기 위해 각자가 매일 한 가지 일을 책임지고 하는 것을 의미했다. 어떤 사람은 채소를 썰었고 어떤 사람은 그릇을 닦았고 또 어떤 사람은 화장실 청소를 했다. 다른 사람들과 함께 일하는 경우라도 우리는 가능한 한 침묵을 지켰다.

내가 맡은 일 명상은 식당에서 점심 식사가 끝난 뒤 그릇 운반대에서 쟁반을 치우고, 남은 음식을 다른 그릇에 담는 것이었다. 나는 내 나이쯤 되어 보이는 한 여성과 함께 일했다. 그녀는 자신을 메리앤이라고 소개했다. 내 눈에는 그 여성이 조금 허약해 보였지만 우리는 똑같이 일을 나누었고 때때로 "남은 샐러드를 이 그릇에 다 담을 수 있을까요?" 같은 말만 속삭였다. 명상 홀에서 나는 그녀가 젊은 남성과 함께 있는 모습을 보았는데 아마도 그녀의 아들인 것 같았다. 이곳에 두 사람이 함께 있다니 얼마나 멋진 일인가 하고 생각했던 기억이 난다. 그녀는 온화한 얼굴에 부드러운 미소를 지니고 있었고, 나는 매일 점심 식사 후 그녀와의 만남을 고대했다.

식당 일 말고도 우리는 명상 교사들이 식사하는 조그만 건물로 가서 교사들의 음식 쟁반을 주방으로 다시 가져오는 일을 했다. 식당에서 이어진 길을 따라 걸어가면 그 건물이 나왔다. 명상 프로그램의 이레째 날, 또 다른 여성이 내 짝 메리앤과 함께 나타나 나를 놀라게 했다. 우리 셋은 식당의 그릇 운반대를 함께 치웠다. 그런 다음 나는 교사들의 식당을 향해 걸어가기 시작했는데 그때 새로 온 그 여성이 나를 따라 밖으로 나오더니 내게 물었다.

"메리앤에 대해 아세요?"

내가 고개를 젓자 그녀가 말했다.

"그 여자 아주 많이 아프대요. 앞으로 살날이 몇 주밖에 남지 않았대요."

그런 다음 그녀는 돌아서더니 식당 안으로 다시 들어갔다.

전혀 예상치 못한 소식에 나는 충격을 받았고 그 상태로 교사들의 식당을 향해 계속 걸어갔다. 식당은 비어 있었지만 교사들이 식사를 마친 식탁에는 일간지가 놓여 있었다. 나는 명상 수행 중이었지만 교사들은 그렇지 않았기 때문에 식탁에는 늘 신문이 널려 있었다. 신문에서 눈을 돌리는 법을 나는 이미 터득했었다. 그러나 그날 신문의 머리기사는 무시할 수 없을 만큼 굵은 글씨로 쓰여 있었다.

'JFK 주니어(케네디 대통령의 아들) 시신 발견'

그 배경이 무엇인지도 전혀 모르는 상태에서 나는 충격에 휩싸인 채 황급히 그 건물을 빠져나왔다. 심장은 쿵쾅거렸고 머리는 핑핑 돌고 있었다. 주방으로 돌아가는 길에는 교사 한 명이 서 있었다. 괴로움을 견디다 못해 나는 침묵을 깨고 말았다. 그녀는 JFK 주니어에게 무슨 일이 일어났는지 간단히 설명해 주었다(JKF 주니어는 경비행기 사고로 만 38세의 나이에 사망했다). 그리고 자신들이 그곳에 신문을 펼쳐 놓지 말았어야 했다는 말도 덧붙였다. 나는 그녀에게 혹시 메리앤에 대해 아느냐고 물었다. 그녀는 메리앤이 이곳에 아들과 함께 왔다고 했다. 그런 다음 그녀는 아마도 말하면 안 되는 것이었을 내용을 내게 이야기했다. 그녀의 이름을 여기에 쓰지 않는 이유는 그 때문이다. 그녀가 말하길 명상 프로그램에 참가할 때 작성하는 신청서에다 '명상 교사들이 참가자에 대해 알고 있어야 할 내용'을 묻는 질문에 메리앤은 이렇게 썼다고 했다.

"저는 앞으로 살날이 2주밖에 남지 않았지만 그것이 제 수행에 영향을 미치지는 않을 겁니다."

다음 날, 명상 홀의 메리앤과 그녀 아들의 자리는 비어 있었다.

메리앤을 기억하며 나는 나의 병이 내 수행에 영향을 미치지 않도록 최선을 다할 것임을 다짐한다. 또한 병과 더불어 살아가는 법을 나 자신에게 가르치기 위해 그리고 만성병 환자인 다른 사람들에게 도움을 주기 위해 내 수행을 계속할 것임을 다짐한다.

1

긴 여행의 시작

나는 파리 여행에서 병에 걸렸고
회복되지 못했다. 독감인 줄로만
알았던 병은 만성병이 되었다.
만성병에 걸리면 몇 가지
아주 힘든 선택을 해야 한다.
힘들게 이뤄 놓은 사랑하는 직업을
포기해야 하는 것과 같은.
하지만 진정한 배움의 여행도
시작되었다. 아픔과 함께 살아가는
법을 배울 필요가 있었다.

1
모든 일은 파리에서 시작되었다

막상 가 보면 파리는 그렇게 대단한 도시가 아니다.

베이브 루스

*

2001년 8월 말, 나는 데이비스(미국 서부에 있는 대학 도시)에 있는 캘리포니아 대학교에서 법대 교수로서 스무 번째 해를 맞이했다. 우리 자신을 축하하고 기념하기 위해 토니와 나는 그 전에 특별 휴가를 가기로 마음먹었다. 나는 인터넷을 뒤져 파리에서 합리적인 가격에 빌릴 수 있는 원룸형 아파트를 하나 찾아냈다. 우리는 세상을 자주 돌아다니는 사람이 아니었기 때문에 파리 여행은 대단한 사건이었다. 3주 동안 우리는 빛의 도시에서, 그곳의 생활과 문화에 흠뻑 빠져 있을 계획이었다. 멋진 시간을 보낼 생각에 우리는 한껏 들떠 있었다.

그런데 첫 출발하는 공항에서부터 조짐이 좋지 않았다. 새크라멘토

(캘리포니아 주의 주도)에서 로스앤젤레스로 가는 유나이티드 항공 국내선 비행기 안에 앉아 있는 동안, 비행기가 게이트에서 움직일 생각을 하지 않는다는 사실을 알아차렸다. 우리는 로스앤젤레스에서 파리의 샤를드골 공항으로 가는 직항 노선으로 갈아탈 예정이었다. 이윽고 장비 점검으로 인해 이륙이 지연되고 있다는 안내 방송이 흘러나왔다. 토니와 나는 그곳에 계속 앉아 있다가는 로스앤젤레스를 출발해 파리로 가는 비행기를 놓치게 되리라는 사실을 깨달았다.

다른 승객들이 무슨 일인지 궁금해하며 이야기를 나누는 동안 우리는 얼른 자리에서 일어나, 여행할 때마다 유일하게 들고 다니는 짐가방을 움켜잡고서 유나이티드 항공 수속 창구로 내달렸다. 워낙 재빠르게 움직였기 때문에, 항공사 직원의 도움을 받아 세인트루이스(미국 중부 미주리 주의 도시)로 막 출발하려던 트랜스월드 항공 비행기에 옮겨 탈 수 있게 되었다. 그곳에서 샤를드골 공항으로 가는 트랜스월드 항공 직항 노선으로 갈아탈 수 있을 것이고, 그러면 원래 예정했던 시간과 거의 비슷하게 도착할 수 있을 것이었다. 텔레비전 광고에 나오는 사람들처럼 우리는 비행기 탑승구로 이어지는 중앙 통로를 전속력으로 달렸다. 짐 가방도 함께 끌면서. 비행기는 이미 탑승을 마감한 상태였지만 우리를 기내에 들여보내 주었다.

일단 비행기가 이륙하고 나자 우리는 스스로 무척 자랑스러웠다. 다른 승객들보다 몇 배나 영리하게 행동했던 것이다. 우리가 트랜스월드 항공 탑승권을 손에 쥐고서 유나이티드 항공 수속 창구를 떠날 때, 그 국내선 비행기 안에서 기다리고 있던 사람들은 그제야 우리 뒤에서 긴 줄을 이루고 있었다. 정말 뿌듯했다. 붓다가 우리를 보았다면 "깨어 있으라, 깨어 있으라."라고 말했겠지만, 당시 우리는 특별 휴가에 재앙이 될 뻔한 사건을 슬기롭게 피해 갔기에 너무 자랑스러워하고만 있었다. 나중에 몇몇 의사들은 이 트랜스월드 항공 비행기 두 대 중 한 군데서 내가 바이러스에 감염되었을 가능성이 높다고 결론을 내렸다. 나를 다시는 회복할 수 없게 만든 바이러스에.

우리는 레프트 뱅크(파리 센 강의 하류를 바라보았을 때 왼쪽 지대. 흔히 좌안이라고 부름) 6구(파리의 20개 구 중 하나로 파리 중심부)에 위치한 조그 만 콜롱비에 가에 있는 원룸형 아파트에 도착했다. 아파트는 인터넷 사진으로 본 것보다 훨씬 작았다. 욕실과 부엌과 거실로 나뉘어 있었 는데, 욕실과 부엌은 겨우 한 사람씩만 들어갈 수 있을 정도로 좁았다. 거실에는 작은 탁자와 의자 두 개가 있었고, 너무 작아서 누울 수 없 는 소파를 일컫는 낭만적인 표현이겠지만 2인용 안락의자도 있었다. 한쪽 구석에는 2인용 침대가 놓여 있었다. 침대 맞은편 벽에는 책을 놓는 선반이 있었고 그 아래쪽에는 장식장이 있었다. 그 안에서 작은 텔레비전을 발견했지만 텔레비전을 시청하며 파리에서 시간을 보낼 계 획은 애초에 없었다.

첫날은 이곳저곳을 돌아다니며 해 질 녘이 되기를 기다렸다. 얼른 잠이 들어 새로운 시간대에 적응할 수 있도록. 이튿날 나는 몸 상태가 몹시 좋지 않았지만 단지 시차 때문일 것이라고 추측했다. 다음 날도 여전히 몸이 좋지 않았지만 시차 이외의 다른 가능성은 애써 외면하며 토니에게 영화를 보러 가자고 제안했다. 우리는 미국 영화 〈결혼기념일에 생긴 일〉(기네스 펠트로 주연의 2001년도 개봉 영화)을 골랐다. 솔직히 말하면, 나는 다만 어두운 곳에 앉아 내 몸에 무슨 일이 일어나고 있는지 가늠해 보고 싶었을 뿐이다. 그리고 영화를 보는 동안 내가 정말로 아프다는 사실을 깨달았다.

곧이어 전형적인 독감 증세가 나타났고 침대 밖으로 나올 수조차 없었다. 3일이 지난 뒤, 토니와 나는 똑같이 희망적인 결론을 내렸다.

"별일 아니야. 파리에서 보낼 날이 아직 18일이나 남아 있잖아."

일주일 후에는 이렇게 결론을 내렸다.

"큰 문제 아니야. 파리에서 보낼 날이 아직 2주나 남아 있으니까."

"파리에서 보낼 날이 아직 열흘이나 남아 있어……."

'파리에서 보낼 날'은 줄어들고 또 줄어들었다.

우리에게는 이제 이것이 일상적인 일이 되었다. 토니는 아침이면 혼자서 프랑스 식당에 들른 후 파리 시내를 거닐다가 정오 무렵 돌아왔다. 내 상태에 변화가 있기를 고대하면서. 그리고 오후에는 좀 더 산책을 하기 위해 다시 혼자서 밖으로 나갔다. 아마도 미술관이나 박물관에 들르곤 했을 것이다. 그러나 토니는 혼자 돌아다니는 것을 별로 달가워하지 않았다.

2주째가 되었을 때 나는 토니 옆에 동행하고픈 생각이 간절해졌다. 그래서 하루는 몸의 고통을 한번 참아 보리라 마음먹었다. 나는 오르세 미술관(파리 중심가에 위치한 미술관. 19세기 미술품을 다수 소장하고 있음)에 가서 인상주의 화가들의 유명한 작품들을 구경하자고 고집을 부렸다. 그 미술관은 기차역을 개조해서 만든 곳으로 웅장한 내부 공간으로 유명하다. 미술관에 도착하니, 안으로 들어가기 위한 줄이 건물을 빙 돌아 한참이나 늘어서 있었다. 우리는 어쩌면 그 자리에서 즉시 아파트로 되돌아가야 했는지도 모른다. 지하철역에서 박물관 패스(파리의 60여 개 박물관과 미술관 등에 입장할 수 있는 표. 일부 박물관에는 패스 소지자용 별도 입구가 마련되어 있다)를 살 수 있다는 사실을 내가 미리 조사해 놓지 않았더라면 말이다. 우리가 여러 박물관과 미술관을 함께 구경 다닐 것이라는 가정하에 토니는 파리에 도착한 이튿날 패스 두 장을 미리 사 둔 상태였고 그 덕분에 곧바로 입장할 수 있었다.

인상주의 화가들의 작품이 걸린 전시장 안으로 들어서자마자, 나를 그곳까지 오게 만든 아드레날린이 바닥나고 말았다. 이 외출은 실수였다. 나는 큰 전시장 중앙에 일렬로 놓여 있는 멋진 등나무 의자에 주저앉고 말았다. 토니에게는 혼자 가서 그림들을 감상하라고 말해야만 했다. 토니는 주기적으로 나에게 돌아와 내 상태를 점검했고 그만 돌아가겠느냐고 묻곤 했지만 나는 계속 토니에게 어서 가서 그림들을 좀 더 오래 보고 오라고 말했다.

계속 앉아 있다 보니 클로드 모네(프랑스 출신의 인상주의 화가)가 그린 커다란 그림 한 점이 눈에 들어왔다. 〈양산을 쓰고 오른쪽으로 몸을 돌린 여인〉이었다. 얼굴에 비치는 햇빛을 양산으로 가린 채 한 여인이 들판에 서 있었다. 밝지 않은 은은한 색채를 이용해서 그렸지만 웬일인지 경이로울 정도로 빛나고 있었다. 나는 내 주위에서 의자 뺏기 놀이가 진행 중이라는 사실을 어렴풋이 깨달았다. 사람들이 몇 분 동안 의자에 앉아 있다가 일어나면, 빈자리가 나오기를 기다리고 있던 다른 사람이 재빨리 그 자리를 차지하곤 했다. 나는 모네 작품의 색채와 구도 속에 빠져 그냥 앉아 있었다. 마치 들판에 서 있는 이 젊은 여인으로 하여금 나를 보살피게 하려고 모네가 그 그림을 그린 것만 같았다. 토니가 혼자서 자유롭게 미술관을 구경할 수 있게끔. 하지만 토니의 동행이 되어 주려던 시도는 실패로 끝나고 말았다.

　나중에 의사를 만나러 간 것 말고는 이것이 마지막 외출이었다. 나는 침대에서 하루하루를 보냈다. 책을 읽으려 해도 몸이 너무 아파서 결국 그 작은 텔레비전을 켜야만 했다. 하지만 이내 프랑스의 낮은 방송 수준에 충격을 받았다. 모든 채널에서 형편없는 퀴즈 쇼를 내보내고 있었다. 퀴즈 참가자마다 신호만 떨어지면 괴성을 지르도록 훈련받은 것 같았고, 진행자는 수다스러운 데다 불쾌하기까지 했다. 무대장치도 싸구려였다. 나는 순진하게도 텔레비전에서 고품격 프랑스 문화가 배어 나오기를 기대하고 있었던 것이다. 불만에 가득 차 텔레비전을 꺼 버렸다. 그로부터 몇 시간이 흘러갔다. 하지만 여전히 그냥 있기가 지루했고 좀이 쑤셨다. 그래서 다시 텔레비전을 틀었다. 이번에는 귀에 익은 주제곡이 흘러나왔다. 배우들이 바퀴 달린 침대를 밀며 뛰어다니고 있었고 화면에는 '에메르지'라는 단어가 나타났다. 형편없는 내 프랑스 어 실력으로도 그것이 〈ER〉(Emergency Room, 응급실을 뜻함. 시카고의 어느 종합병원을 배경으로 한 미국 드라마)임을 알 수 있었다. 나는 방송을 통해 고향의 정취를 느끼려고 준비하고 있었지만 그것이 프랑스 어로 더빙되었다는 사실만 발견하고 말았다. 심지어 영화들마저 자막 처리 대신 더빙해서 방영되고 있었다. 이런 이야기는 이쯤에서 접는 것이 좋겠다.

　나는 매일 낮 시간 대부분과 너무 아파서 잠이 오지 않는 많은 밤 시간을 단파 라디오에서 흘러나오는 BBC(영국공영방송) 라디오 방송을 들으며 보냈다. 이 라디오는 내가 한동안 침대에 누워 있게 될 것이 분명해졌을 때 토니가 나를 위해 사다 준 것이었다. BBC에는 기발하고 재미난 퀴즈 쇼를 비롯해 유익한 프로그램이 많았다. 이를 계기로 나는 NPR(미국공영라디오방송)에 입문하게 되었다. 캘리포니아로 돌아온 직후 침대에 매여 있게 되었을 때부터 매일 NPR을 듣기 시작했다. 지금도 NPR에서 잠깐씩 제공하는 BBC 뉴스를 듣다가, 그 시절 파리 아파트의 단파 라디오에서 흘러나오던 그 영국인과 똑같은 목소리가 "지금 여러분은 BBC 국제방송을 청취하고 계십니다."라고 가벼운 어조로 안내하는 것을 들을 때면 서글픈 느낌이 스치고 지나간다. 그럴 때마다 이 모든 것이 시작된 파리의 그 침대 위로 잠시 돌아가 있다.

　오르세 미술관에 다녀오고 난 며칠 뒤에는 병원에 가 봐야 한다는 결론에 이르렀다. 전화번호부를 뒤져 '미국병원'을 찾아냈다. 이름만으로도 고향에 온 듯한 안도감이 들었지만, 전화를 받은 사람은 무례함 자체였다. 증상을 설명하자 그녀는 퉁명스럽게 말했다.

　"그러니까, 우리가 뭘 해 주길 바라시냐고요?"

　이제 생각해 보니 그것은 다가올 사건들을 암시하는 불길한 징조였다.

　이번에는 '영국병원'을 시도해 보았다. 전화를 받은 여성은 프랑스 어밖에 할 줄 몰랐지만 그녀의 목소리에서 나에 대한 배려와 친절함을 읽을 수 있었다. 그녀는 잠시 기다리라고 했고, 그러는 동안 영어를 할 줄 아는 간호사를 찾아냈다. 그 간호사는 나더러 당장 병원으로 오라고 했다.

아파트를 출발해 파리 북부 외곽 지역에 있는 영국병원에 갔다가, 그 후 파리 중심부에 있는 약국을 거쳐 마침내 레프트 뱅크로 다시 돌아오기까지 우리가 겪어야 했던 불필요한 스트레스를 생각할 때면 나는 지금도 믿을 수가 없어 고개가 저어진다. 세상에! 늘 자가용을 몰고 다니는 전형적인 캘리포니아 사람인 우리는 택시를 탈 생각을 전혀 하지 못했던 것이다. 돈을 아끼려고 한 것이 아니었다. 단지 그런 생각이 들지 않았을 뿐이다. 택시란 뉴욕에 사는 사람들이나 이용하는 것이라고 우리는 생각했다. 바보같이 우리는 아파트에서부터 걷기 시작해 그곳에서 가장 가까운 지하철역까지 걸어갔다. 지하철을 두 번이나 갈아타고 계단을 수없이 오르내린 후에 우리는 완전히 다른 파리 속에 서 있는 우리 자신을 발견했다. 외곽 지역이었다. 지도를 손에 든 채 계속 걸어갔지만 우리가 나아가는 속도는 괴로울 만큼 느렸다. 이 짧은 여행조차 나를 기진맥진하게 만들었다.

여의사는 내가 단순히 독감에 걸린 것이라고 생각했다. 그녀는 내 병명을 '독감'이라고 적었다. 이 '독감'이라는 단어는 언제나 〈아가씨와 건달들〉(뉴욕 도박꾼들과 여성들의 사랑을 그린 미국 뮤지컬)에 나오는 노랫말 중에 '기침 콧물' 부분의 리듬을 생각나게 한다. 우리의 휴가를 완전히 망치지 않도록 독감이 세균 감염으로 발전하는 것을 예방하기 위해 의사는 항생제를 처방해 주었다. 우리는 지하철역으로 되돌아갔고 또다시 환승을 하고 더 많은 계단들을 오르내린 뒤, 북부 외곽 지역과 우리 아파트 사이에서 유일하게 문을 연 약국이 있는 지상으로 나왔다. 왜냐하면 그날은 '은행 공휴일'이라는 흥미로운 이름으로 불리는 공휴일이었기 때문이다.

병원과 약국을 다니면서 겪은 시련은 마음속에서 희미해졌지만 몇 가지 기억만은 생생하게 남아 있다. 병원 직원이 우리에게 연신 미안해하던 것이 기억난다. 왜냐하면 그날이 공휴일이라서 병원에서는 진료 예약비 명목으로 우리에게 요금을 더 청구해야 했기 때문이다. 프랑(유럽 통일 화폐인 유로를 쓰기 전 사용되던 프랑스 화폐)을 달러로 환산했을 때 15달러나 되는 거금이었다. 지하철 밖으로 나와 약국으로 갔던 것과 사진엽서 풍경처럼 눈앞에 펼쳐진 개선문을 마주하고 있던 내 모습도 생각난다. 우리가 그토록 보고 싶어 했던 파리의 수없이 많은 장소들 중 단 한 곳만을 그저 스쳐 지나가야만 했던 내 모습이. 지하철역 계단에서 양손으로 난간을 붙잡고 몸을 한 계단 한 계단씩 끌어 올리며 잠깐씩 벽에 기대고 있을 때 느껴지던 괴로움도 기억난다. 몇 해가 지나서야 토니는 말했다. 계단에서 간신히 몸을 끌어 올리고 있는 내 모습을 보았을 때 내가 얼마나 아픈지 깨닫게 되었다고. 그것이 그날에 대한 토니의 가장 강렬한 기억이다.

파리에서 보낸 마지막 주에 프랑스 오픈(국제테니스연맹이 관장하는 대회. 윔블던, US 오픈, 호주 오픈과 더불어 4대 테니스 대회임)이 하루 종일 텔레비전에서 생방송된다는 사실을 알게 되었다. 테니스는 언어를 몰라도 감상할 수 있는 분야가 아닌가. 심지어 나조차 '에갈리테'가 '듀스'(마지막 1점을 남겨 놓고 동점이 된 상황)임을 알 수 있었다. 나는 네트 위로 날아다니는 공을 볼 수 있을 만큼 텔레비전과 가까운 바닥에 누울 자리를 마련했다. 그리고 테니스 경기에 푹 빠지게 되었다. 나는 지금도 테니스 경기를 자주 본다. 세계 각국 선수들의 이름도 욀 수 있다. 나는 국제 테니스의 경기 방식을 사랑한다. 그 경기의 미학을 사랑한다. 단순해 보이는 겉모습 안에 숨겨진 복잡성을. 선수들은 공을 받아서 네트를 넘겨 경계선 안으로 치기만 하면 된다. 그러나 단순해 보이는 겉모습 속에는 체스 경기에서 느껴지는 것 같은 육체적·정신적 전략이 많이 숨어 있다. 에이스(서브 하나로 공을 강하게 때려 득점하는 것), 로브(공을 높이 띄워 느리게 넘기는 것), 발리(공이 땅에 떨어지기 전에 받아 치는 것) 그리고 패싱샷(네트 가까이에서 상대의 손이 닿지 않는 곳을 노려 공격하는 것)을 날리기 위해 상대를 유혹하는 일 등이 그것이다. 그곳에 누워 테니스 경기를 사랑하는 법을 배우는 동안 나는 회복되고 있는 듯 보였다. 우리의 휴가를 망치게 되어 깊은 실망감을 느꼈지만 그래도 여전히 희망에 차 있었다.

파리에서 집으로 돌아오기 전날, 나는 내가 회복기에 접어들었다고 판단했다.

2
포기하는 것과 받아들이는 것

일어나고 있는 일들과 싸울 수는 있다.
하지만 백이면 백 지게 될 것이다.
바이런 케이티

*

여행에서 돌아와 일주일 뒤에 증상이 다시 나타났다. 그런 다음 또 한 번 회복되는 것 같았다. 이상한 일이었지만 목소리가 돌아오지 않는 것을 제외하고는 괜찮았다. 기어들어 가는 듯한 이 새로운 목소리는 큰 문젯거리였다. 교수인 나는 말을 해서 먹고사는 사람이기 때문이었다. 8월 말에 학기가 시작하기 때문에 7월 초 법대 학장에게 내 상태를 이야기했다. 하지만 학장은 그때까지는 괜찮아질 것이라고 확신했다. 우리는 걱정하지 않기로 결론 내렸다.

몸이 점점 건강해지는 것 같아서 7월 중순에는 '영혼의 바위' 명상 센터에서 열리는 열흘간의 명상 캠프에 참가하기로 했다. 그 명상 센터는 샌프란시스코 북쪽 마린 카운티에 있었으며 집에서는 두 시간 거리였다. 이 명상 캠프는 미국 서부의 불교 수행자들에게는 일 년에 한 번 열리는 매우 소중한 기회였다. 조지프 골드스타인과 샤론 샬즈버그라는 두 명의 중요한 명상 교사 때문이었다. 이들은 '영혼의 바위' 명상 센터 설립자인 잭 콘필드와 더불어 태국, 미얀마, 인도의 스승들 아래서 강도 높은 수행을 한 뒤 미국으로 위파사나(마음 관찰을 통해 깨달음을 얻는 수행) 명상법을 들여온 사람들이었다. 이 세 사람은 매사추세츠 주 배리에 '통찰명상협회'를 설립했으며, 그 즉시 그곳은 명상을 배우고자 하는 미국인들의 메카가 되었다. 몇 년 후 잭 콘필드는 캘리포니아로 장소를 옮겨 다른 위파사나 명상 교사들과 함께 '영혼의 바위' 명상 센터를 설립했다. 일 년에 한 차례씩 조지프 골드스타인과 샤론 샬즈버그는 통찰명상협회의 몇몇 명상 교사들과 더불어 이 '영혼의 바위'에서 열흘간의 명상 캠프를 열었다. 이 캠프는 무척이나 인기가 좋았기 때문에 추첨을 통해 참가자를 결정했다. 기어들어 가는 듯한 목소리를 제외하고는 나는 '파리 독감'에서 회복된 것처럼 보였다. 파리 독감은 당시 나를 진찰한 의사가 농담 삼아 붙인 이름이었다. 게다가 침묵 명상이었기 때문에 말을 할 필요도 없었다. 그해에는 뛰어난 명상 교사인 캐럴 윌슨, 카말라 마스터스, 스티브 암스트롱이 조지프 골드스타인, 샤론 샬즈버그와 동행했다. 이런 생각이 들었다.

'아무리 생각해도 나는 정말 운이 좋아.'

파리 독감이 급성에서 만성으로 변한 것은 이 수행에 참가하는 동안이었다. 불가사의하게도 나는 평소와 달리 모든 증상을 낱낱이 기록해 놓았다. 몇 년이 지난 후에도 여전히 겪게 될 증상을 기록하고 있다는 사실을 비록 당시에는 알지 못했지만. 나는 명상 교사들의 가르침을 가끔씩 받아 적기 위해 노트 한 권을 가져갔었다. 날마다 쓰려던 것은 아니었는데 나에게 일어나는 일들이 너무 이상해서 기록해 놓지 않을 수 없었다. 수련 사흘째인 월요일 아침에는 이렇게 적었다.

"아침에 일어나니 몸이 아프다. 같은 병이 또 온 건 아닐까 걱정된다. 명상 강의밖에 참석할 수 없다고 해도 여기에 계속 있어야겠다."

그날 밤에는 이렇게 썼다.

"정신이 혼미하다. 머릿속이 윙윙거리며 온몸이 마구 떨리는 느낌. 마치 며칠 밤을 새운 것처럼. 지금까지 경험했던 그 어떤 병과도 다름."

화요일의 기록은 이러하다.

"아픈 게 분명함. 무슨 일이지? 정말 혼란스러움."

몸이 좋지 않아도 명상 센터에 계속 남기로 결정하고서 어느 날에는 이렇게 적었다.

"아픈 몸으로 홀로 있어야 한다면 이곳은 있기에 참 좋은 곳."

하지만 매일 저녁 열리는 명상 강의에 몇 차례 참석하는 것과 하루 한 번 점심때 식당에 가는 것을 제외하고는 계속 내 방에 머물러 있었다. 점심 식사 후 뒷정리가 나에게 배당된 '일 명상'이어서 식당에는 날마다 가야 했다. 식당에서 숙소로 가려면 가파른 언덕을 올라야 했기 때문에 노트에 이렇게 적었다.

"언덕을 올라오다 보니 파리 지하철 계단을 오르고 있는 듯한 기분이다. 그 생생한 기억."

똑바로 앉아서 명상을 하기에는 몸이 너무도 아팠지만 그곳에서 가르치는 기본적인 명상법을 따라 하려고 노력했다. 그 기본적인 명상법은 '마음을 바라보라'라는 것이었다. 노트에 이렇게 적었다.

"내 마음 안에서 걱정이 일어나고 있다."

치우침 없는 마음으로 집착 없이 다만 사실을 관찰하라는 것이었다. 하지만 그 명상적 관점을 오랫동안 유지할 수는 없었다. 수없이 많은 골치 아픈 생각과 질문들이 이내 '내 마음 안에서 걱정이 일어나고 있다'를 뒤따랐다.

'의사가 혈액검사 결과를 잘못 본 게 아닐까? 텔레비전 보고 싶다……. 방에서……. 만약 의사를 만나기 위해 집으로 돌아가야 한다면 슬프겠지. 정말 슬플 거야, 정말로. 특히나 이제 막 건강함의 기쁨을 알게 되었는데.'

2001년 8월 말, 나는 학교로 돌아가지 않았다. 학장은 내 수업을 대신할 다른 사람을 찾았다. 그렇다고 갓 태어난 손녀 멀리아와 시간을 보낼 수 있는 것도 아니었다. 그 아이 인생의 첫해가 그렇게 빨리 지나가고 있었는데도. 그해 가을에는 내 방 침대 아니면 병원 진료실에서 나날을 보냈다. 그러다가 내 병은 혈액검사, 컴퓨터단층촬영(CT), 자기공명영상법(MRI) 등의 검사들로 알아낼 수 있는 모든 원인들을 제외해야만 하는 단계에 들어갔다. 몇 가지 검사는 완전히 새로웠다. 이상 여부를 확인하기 위해서 병원 직원이 내 후두부(목소리를 내는 기관. 성대 뒤에 있음)를 촬영해 비디오로 녹화한 것은 고통스럽긴 했지만 매우 흥미로운 검사였다.

검사를 받느라 피를 하도 많이 뽑아서 나는 1차 진료를 맡은 의사와 농담을 나누기도 했다. 피를 뽑는 것이 이 병의 치료법이 되지 않는다는 사실만큼은 적어도 증명되었다고. 그 후에는 더 많은 전문의들에게로 넘겨졌다. 그들에게 말할 수 있는 내용이라고는 독감 같은 증상이 있지만 열은 없었다는 것, 목이 심하게 쉬었다는 것, 몸무게가 8킬로그램이나 빠졌다는 것, 피로감이 극심해서 병원 대기실 의자가 아무리 작아도 그곳을 침대 삼아 눕고 싶어진다는 것이었다.

마지막으로 나는 감염학과 의사 세 명, 이비인후과 전문의 두 명, 류머티즘 전문의, 내분비학과 전문의, 내과 전문의, 신경과 전문의, 심장병 전문의를 만났고, 내 의사로 침구사 두 명을 만났다. 그들은 각자 자신만의 방식으로 일련의 검사를 시행했다. 암 전문의를 만난 것은 아니지만 암 센터에도 가야만 했다. 내분비학과 전문의가 주입 검사라는 것을 이용해 신장 기능을 확인해 보고자 했는데, 이것은 암 환자들이 화학요법을 받는 병동에서만 할 수 있었기 때문이다. 그날 나는 그곳에서 용기 있게 살아가는 사람들 몇 명을 만났다.

온갖 검사와 건강검진 결과로는 내 몸에 아무 이상이 없었다. 그래서 2002년 봄, 나는 일주일에 두 차례씩 90분짜리 강의를 하기 위해 아픈 몸을 이끌고 학교로 돌아갔다. 학교로 돌아간 주된 이유는 내가 더 이상 나아지지 않으리라는 사실을 단지 믿을 수가 없었고, 믿으려 하지 않았기 때문이다. 학교에서 만나는 사람들마다 내가 완전히 회복되었다고 생각했다. 어쨌든 그들 눈에는 내가 아파 보이지 않았다. 그들은 복도에서 나를 불러 세워 놓고 이야기를 나누었다. 내가 쓰러지지 않으려고 벽에 기대어 서 있다는 사실은 알아차리지 못한 채.

　나는 2년 반 동안 일부 강의를 계속했다. 수업 시간에 따라 더러는 일주일에 두 번, 더러는 일주일에 세 번 학교에 갔다. 토니는 다른 도시에서 일했지만, 집에서 10분 거리인 학교까지 나를 데려다 주고 수업 후 데려오기 위해 최선을 다해 자기 시간을 조정했다. 나는 너무 아파서 학교로 가는 10분조차 운전을 할 수 없었지만 수업 시간에는 강의를 해야만 했다. 때로 그 강의는 한 시간 반 동안 지속되기도 했다.

　몸이 아플 때 계속 일하는 것이 얼마나 큰 실수인가는 나중에 돌이켜 보고 나서야 깨닫기 쉽다. 아마도 일이 상태를 더 악화시켰을 것이다. 하지만 만성병을 앓고 있는 많은 사람들이 이렇게 한다. 첫째는 계속 일을 해야만 하는 경제적인 이유 때문이다. 둘째는 이런 일이 자신에게 일어나고 있다는 사실을 도무지 믿지 못하기 때문이다. 그리고 이 믿음은 당신에게 괜찮아 보인다고 말하는 사람들에 의해 강화된다. 집에 돌아오자마자 침대 위로 쓰러지는 당신을 보지 못한 사람들에 의해. 매일 아침 당신은 아프지 않은 상태로 일어나기를 기대한다. 그러나 몇 주, 이어서 몇 달 그리고 몇 년 동안 이런 일은 결코 일어나지 않는다. 첫째로 자신이 불치병에 걸렸다는 사실을 진정으로 깨닫기가 정말로 어렵다. 둘째로 이 병이 결코 상상하지 못했던 방식으로 자신의 인생 계획을 바꿔 놓으리라는 사실을 받아들이기가 어렵다. 이 변화 중 한 가지는 자신이 그토록 힘들게 이뤄 놓은 사랑하는 직업을 포기하게 되리라는 것이다.

　학교에 강의를 하러 가는 날에는 남몰래 나 나름의 대처 방법을 찾아내야만 했다. 20년 교수 생활 중 처음으로 나는 강의실에 의자를 갖다 놓고 앉아서 수업을 했다. 한 번에 80명이나 되는 많은 학생들이 활기차게 떠드는 소리는 내 아픈 몸에 큰 충격을 주었기 때문에 강의실로 들어서기 전에는 양쪽 귀에 귀마개를 꽂았다. 그리고 내가 말을 시작하기 전 학생들이 잠잠해지는 동안 그것들을 하나씩 빼냈다. 학생들이 교수실로 찾아오는 것을 막을 방법도 생각해 냈다. 일단 학생들과 방에 함께 앉아 있다 보면 대화 시간을 조절할 길이 없었기 때문이다. 수업 직후 어느 학생이 질문을 하려는데 그 강의실에서 곧이어 다른 수업이 있을 경우에는 다른 빈 강의실을 찾아내 그곳에 앉아 학생과 이야기를 나누었다. 그런 식으로 질문에 답변을 했다고 생각하면 자리에서 일어나 대화를 끝냈다.

　너무 비상식적인 행동이라 토니에게조차 차마 말하지 못한 은밀한 대처 방법도 있었다. 학교에 있는 내 방은 화장실에서 멀리 떨어져 있었다. 건물 반대쪽에 있는 화장실까지 걸어가기에는 몸이 너무 아팠을 뿐 아니라, 그렇게 하다가는 동료들과 마주치게 될 위험이 있었다. 이따금 복도에 서서 이야기를 나누고 싶어 하는 동료들이 있었다. 그런 만남을 피하는 것이 최우선 과제였다. 나는 낡은 보온병을 찾아내 학교로 가져갔다. 그리고 그곳에 소변을 보고 뚜껑을 단단히 잠근 뒤 가방에 넣고 집으로 가져와 내용물을 버리고는 했어 냈다.

　아픈 동안에도 일을 하러 갈 수밖에 없는 사람들은 모두 이런 은밀한 대처법을 가지고 있다. 처음에는 단지 소변을 보기 위해 이런 속임수를 쓰고 수치스러운 일을 해야 한다는 사실이 너무나 굴욕스럽게 느껴졌다. 이렇게 비참한 상황에 이른 인생이 원망스러웠다. 얼마 후 그 자기혐오는 반항적이면서도 보기 싫은 냉소주의로 변했다. 건강한 사람은 저주나 받아라. 그래, 이게 내가 하는 일이야. 그러니 마음에 안 들면 당신들이 치워. 다행스럽게도 냉소주의는 나 자신에 대한 자비심으로 바뀌어 갔다. 왜냐하면 다른 것은 몰라도 보온병에다 소변을 보기란 쉽지 않은 일이었기 때문이다. 게다가 나는 강의를 위해 정장을 갖춰 입었다. 팬티스타킹까지 포함해서.

학생들에게는 아프다는 말을 하지 않았는데 그중 몇몇은 눈치를 채기도 했다. 하지만 몸이 아픈 나는 강의실에서 꾸미지 않은 나 자신이 될 수밖에 없었다. 내가 모든 답을 알고 있지는 않다고 인정하기가 쉬워졌고 소송 사건에 휘말린 사람들과 자신의 삶에서 어려움에 직면해 있는 학생들에게 새로운 자비심을 느끼게 되었다. 의자에 앉아 학생들이 종종 다시 말해 달라고 할 정도로 작은 목소리로 이야기하면서도 스무 해 교수 생활 중 최고의 강의 평가를 받았다. 하지만 결국 그 모든 것을 놓아 버려야만 했다. 나처럼 만성병에 걸리면 몇 가지 아주 힘든 선택을 해야 한다. 역설적이게도 사람들은 당신이 포기하는 것이라고 생각한다. 사실은 새로워진 삶의 현실을 받아들이는 것인데도.

나에게 그 현실이란 심한 독감 증상을 겪는 것을 의미했다. 정신을 못 차릴 정도의 통증과 가벼운 두통을 겪는 것이었다. 하지만 열이나 목의 염증이나 기침은 없었다. 그 고통을 상상해 보고 싶다면 독감에 걸렸을 때 느끼는 극심한 피로를 열 배로 키워 보면 된다. 건강한 사람들이 심한 시차를 겪을 때 느끼는, 초조하게 가슴을 짓누르는 듯한 피로감을 심장의 두근거림에 더해 보면 된다. 그 피로감 때문에 낮잠이나 심지어 밤에 자는 것은 고사하고 집중을 하거나 텔레비전을 보는 것조차 힘들어진다.

몸을 쇠약하게 만드는 만성병의 현실 중 또 하나의 문제는 자신이 왜 아픈지 끊임없이 알아내려고 한다는 것이다. 결국 확실한 대답은 얻지 못하면서도. 병명을 갖다 붙이는 것이 병을 낫게 할 수 있었다면 지금 내 상태는 아주 좋아졌을 것이다. 파리에서 병이 난 이후 나는 수많은 질병과 질환으로 진단받았다. ME 혹은 만성피로면역기능장애증후군으로도 알려진 만성피로증후군, 바이러스감염후유증, 바이러스성중추신경계장애, 기립성조절장애 및 체위성기립성빈맥증후군이 그것들이다. 이 다양한 단어들과 병명들이 무엇을 의미하는지 알고 싶다면 다음 내용을 보면 된다.

우리는 결국 다음 사실을 알게 되었다. 나는 파리 여행에서 병에 걸렸고 회복되지 못했다. 하지만 붓다의 가르침을 깊이 있게 배우는 여행도 시작했다. 아픔과 함께 살아가는 법을 나는 배울 필요가 있었다.

내 병에 붙은 많은 이름들

만성피로증후군

"만성피로증후군은 무의미한 병명입니다."

감염학과 의사가 말하기를 환자가 아프다는 사실은 분명하지만 표준적인 의학 검사로 정확한 원인을 밝혀내기 어려울 때 의사들이 이 단어를 쓴다고 했다. 만성피로증후군은 나에게 주어진 기본 병명이 되었다. 이것이 의사들이 진료 기록부에 적어 놓는 것이었다. 주요한 만성피로증후군 전문가들은 모두 이 '무의미한' 의학 용어를 사용하기 거부하고 있다. 이들은 만성피로증후군이라고 일괄적으로 불리는 증상들의 비밀을 알아내기 위해 끝없이 노력하고 있고, 이 병으로 진단받은 수십만 명의 사람들에게 희망을 주고 있다.

만성피로면역기능장애증후군

만성피로면역기능장애증후군은 만성피로증후군의 또 다른 이름이며 부분적으로는 이 병을 진지하게 여기려는 시도에서 나온 것이다. 또 부분적으로는 일부 만성피로증후군 환자의 경우 몸 전체가 계속해서 병균에 대해 면역반응을 일으키며 면역 체계가 과도하게 활성화되어 독감과 비슷한 증상을 만드는 듯하기 때문이다.

ME

ME(Myalgic Encephalomyelitis)는 미국을 제외한 거의 모든 국가에서 만성피로증후군을 일컫는 이름이다. 말 그대로 번역하면 '근육통성 뇌척수염(뇌와 척수에 염증이 생기면서 근육통을 동반하는 병)'이 되겠지만 이 이름은 만성피로증후군만큼이나 그 증상을 제대로 설명하지 못한다. 하지만 ME로 진단받는다면 단지 피곤한 것만을 가지고 아프다고 불평하는 사람으로 지극히 단순하게 취급되는 일은 피할 수 있을 것이다. 만성피로증후군, 만성피로면역기능장애증후군, ME는 모두 비슷한 말들이고 같은 질병을 나타낸다. 나는 이것들 중 하나로 진단받은 사람들을 인터넷에서 수십 명 보았다. 하지만 그중 증상이 똑같은 사람은 아무도 발견하지 못했다. 어떤 사람들은 만성적으로 목에 염증이 생기고 임파선이 붓는다. 나를 포함한 다른 사람들은 그렇지는 않지만 끊임없이 지속되는 독감 같은 문제를 경험한다. 어떤 사람들은 정보처리 과정에 어려움을 느끼거나 건망증이 생기거나 문장을 제대로 만들지 못하는 등 인지 장애를 겪는다. 나를 비롯한 다른 사람들은 그렇지 않다. 이 독감 같은 증상이 집중력을 떨어뜨리는 것을 제외하고는. 어떤 사람들은 근육과 관절에 통증을 느낀다. 나와 같은 다른 사람들은 그렇지 않다. 이 병들로 진단받은 사람들이 모두 공유하는 단 한 가지 증상은 피로다. 이것은 흔한 감기에서부터 암에 이르기까지 거의 모든 질병들의 특징이기도 하다. 그런데 이 피로라는 증상조차 다양하게 나타난다. 활발하게 움직인 뒤에만 나타나는 피로에서부터 침대 밖 멀리로는 결코 벗어나지 못하도록 늘 따라다니는, 뼈를 부술 것 같은 피로까지 여러 가지이다. 나는 만성피로증후군이 몇 가지 별개의 질병들을 포함한다고 확신한다. 그리고 일반 의학계에서 이것을 인정하기 전까지는 병의 원인이나 치료법을 찾는 데 진전이 거의 없을 것이라고 생각한다.

바이러스감염후유증

몇십 년 전 질병관리센터(미국 정부 기관 중 하나. 건강 정보 제공과 질병

예방, 통제 등의 기능을 함)는 바이러스감염후유증이라는 이름 대신 만성피로증후군을 채택했다. 하지만 어떤 의사들은 여전히 이 바이러스감염후유증이라는 이름을 쓰고 있고, 내가 만난 몇몇 의사들도 마찬가지였다. 특히 파리 독감에 걸리고 난 직후 2년 동안 그러했다.

바이러스성중추신경계장애

바이러스성중추신경계장애는 상당히 최근에 생긴 이름이다. 만성피로증후군 환자들 중 일부 집단의 증상을 설명하는 데 사용된다. 이들의 혈액검사 결과는 헤르페스 바이러스(입술이나 성기 등에 물집을 만드는 바이러스)가 재활성되었을 수도 있음을 보여 준다. 헤르페스 바이러스는 초기의 급성 단계가 지나간 후에는 보통 비활성 상태로 몸에 존재한다. 혈액검사 결과 나도 이 집단에 속했다. 그래서 항바이러스제를 처방받았지만 별 도움이 되진 않았다. 이 이론에 따르면, 나의 경우는 파리 독감에 해당하는 급성 감염이 헤르페스 바이러스를 다시 활성화시켜서 이 바이러스와 면역 체계가 끊임없이 가벼운 전투를 벌이게 되는 것이다.

기립성조절장애(갑자기 일어설 때 현기증, 구토 등이 일어나는 증세)와 체위성기립성빈맥증후군(갑자기 일어설 때 맥박 수가 증가하면서 실신하게 되는 증세)

이 두 병명은 혈액순환이 잘되지 않는 것을 말한다. 서 있는 자세를 유지하기 어렵게 만드는 것이다. 이것들은 병의 원인이라기보다는 몸에 생긴 이상 때문에 나타나는 결과라고 추정된다.

나만 그런 것이 아니라는 것, 혹은 내 인생만
그런 것이 아니라는 사실을 알게 된 것은 내게 참으로
큰 안도감을 주었다. 내 인생에 일어난 변화가
언젠가 모든 사람에게도 닥칠 것이기 때문이다.
단지 그 변화가 나에게 일어난 방법과 시기가 조금
다를 뿐이다. 그렇다, 무슨 일이든 일어날 수 있다.
인생의 불확실성과 예측 불가능성이 나를 혼란에
빠뜨릴 때 나는 이렇게 말하길 좋아한다.
"또 왔네, 인생이라는 날씨가. 이건 바람일 뿐이야.
어디로든 불 수 있어." 인생은 무상하고, 불확실하고,
예측할 수 없고, 늘 변화한다. 그래서 나는 여전히
할 수 있는 것들을 소중히 여기며 매 순간을 보살핀다.
모든 것이 한순간에 변화할 수 있음을 깨달으며.

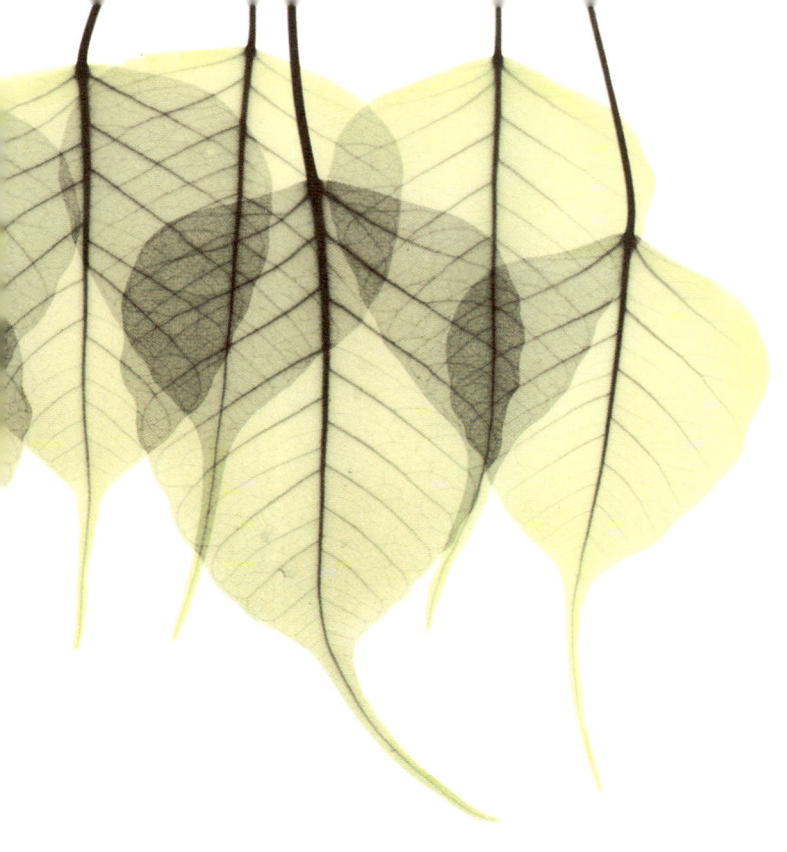

2

아픔과 함께 살아가는 법

3
만 개의 기쁨 만 개의 슬픔

빛을 들고 어둠 속으로 들어가는 것은 빛을 알기 위함이다.
어둠을 알려면 어두운 상태로 들어가라. 보이지 않는 상태로 들어가라.
그러면 어둠 역시 꽃을 피우고 노래한다는 사실을 깨닫게 되리라.
또한 어두운 다리와 어두운 날개로 여행할 수 있다는 것도.
웬들 베리

*

당신과 나처럼 평범한 사람이었던 붓다는 곡절 많은 멀고도 긴 진리 발견의 여행을 마친 뒤, 어느 나무 아래 오랜 시간 앉아 있었다. 그리고 깨달음에 이르렀다. 해탈, 자유, 혹은 깨어남이라고 부르는 것에. 처음에 붓다는 확신이 서지 않았다. 자신이 발견한 것을 전달할 말들을 찾을 수 있을지. 그러나 마침내 그는 '네 가지 고귀한 진리'(사성제四聖諦)의 형태로 첫 번째 가르침을 설했다. 이로써 불교가 탄생했다. 불교도들은 이것을 '다르마'라고 부른다. 다르마란 단순히 '가르침'을 의미한다.

많은 사람들은 자신이 첫 번째 고귀한 진리를 알고 있다고 말할 것이다. 그러나 사람들은 이 첫 번째 고귀한 진리를 '인생은 고통이다'라고 번역함으로써 붓다가 가르친 내용에 많은 오해를 불러일으켰다. 첫 번째 고귀한 진리를 알려 주었을 때 붓다는 부정적인 선언을 한 것이 아니었다. 만약 그러했다면 붓다가 그것을 '고귀한 진리'라고 부를 이유가 없었을 것이다.

'인생은 고통이다'라는 말은 적어도 두 가지 이유에서 오해의 소지가 있다. 첫째, 붓다는 산스크리트 어와 비슷한 고대 인도 언어인 팔리 어를 사용했다. 첫 번째 고귀한 진리에 대해 그가 선택한 팔리 어 '두카'는 다른 말로 옮기기 어려운 단어이다. 두카는 '고통'이라는 한 단어로 번역해 담아내기에는 너무나 의미가 다양하고 미묘하다. 둘째, 우리 삶 속에 두카가 존재한다는 사실은 인생이 두카뿐임을 의미하는 것이 아니다.

우리 삶에 두카가 존재한다고 붓다가 말한 의미의 본질을 이해하려면 이 핵심 단어를 다르게 번역한 말들을 떠올리는 것이 도움이 될 것이다. 몇 가지만 나열해 보자면 불만족, 다시 말해 자기 삶의 상황에 대한 불만족, 괴로움, 스트레스, 불편함, 건강하지 않음 등이 그것이다. 두카는 머릿속에 담아 둘 가치가 있는 단어이다. '아픔과 함께 살아가는 법'을 모색할 때에는 특히 그러하다. 두카를 다양하게 번역한 단어들을 처음 접했을 때 그것들이 내 마음속에 강하게 울려 퍼졌다. 마침내 누군가가 내 육체적·정신적 경험과 많은 부분 일치하는 방식으로 이 삶을 설명하고 있었던 것이다. 스트레스와 불편함과 불만족이 그것이었다. 나만 그런 것이 아니라는 것 혹은 내 인생만 그런 것이 아니라는 사실을 알게 된 것은 참으로 큰 안도감을 주었다.

붓다가 내 삶의 고통을 이해했다는 느낌은 나로 하여금 모든 존재에게 두카가 있다는 사실을 날마다 받아들일 수 있게 만들었다. 병에 걸린 초기 가장 어두웠던 시기에도, 죽을병에 걸린 것이 아닌가 하며 나에게 무슨 일이 일어나고 있는지 이해하지 못하고 있던 때에도 첫 번째 고귀한 진리는 언제나 나를 지탱해 주었다. 나는 스스로에게 이렇게 말했다.

"이건 이럴 수밖에 없는 것이야. 태어났으니 누구나 변화하고, 병에 걸리고, 결국 죽을 수밖에 없어. 사람마다 각자 다르게 일어날 뿐이야. 지금 겪고 있는 이 병은 나에게 일어나는 방식일 뿐이야."

'영혼의 바위'에서 열린 열흘간의 명상 프로그램에서 명상 교사 존 트래비스의 강의를 들었던 경험을 나는 결코 잊지 못할 것이다. 그는 갑자기 말을 멈추고는 우리 한 사람 한 사람과 눈을 맞추면서 방 안을 천천히 둘러보았다. 그런 다음 부드러운 목소리로 말했다.

"나는 여러분에 대해 알고 있습니다. 우리 모두는 서로에 대해 알고 있습니다. 우리는 모두 고통을 피하는 법을 끊임없이 찾다가 상심하게 된 것입니다."

고통을 피하는 법을 끊임없이 찾는 것은 더 많은 고통을 가져올 뿐이라는 사실만 여기에 덧붙이고 싶다. 두카는 이 세상에 태어난 모든 생명체가 가진 존재의 필연적인 측면이기 때문이다.

첫 번째 고귀한 진리, 즉 두카가 존재한다는 사실은 내가 아프다는 현실을 받아들이는 데 큰 도움이 되었다. 왜냐하면 이 사실은 내 삶이 원래 그러해야 하는 상태로 존재하고 있음을 말해 주었기 때문이다.

선 수행을 가르치는 샬럿 조코 벡은 말했다.

"우리의 삶은 언제나 아무 문제가 없습니다. 삶에 잘못된 것은 없습니다. 설령 끔찍한 문제가 있다고 해도 그것이 바로 삶입니다."

'고통suffer'이란 단어의 두 번째 부분(-fer)은 '가지고 오다'를 의미하는 라틴어 동사 'ferre'로부터 유래하고, 첫 번째 부분(suf-)은 아래를 뜻하는 'sub'에서 나왔다고 샬럿 조코 벡은 지적한다. 이 관점에 따르면 두카는 외부로부터 우리에게 가해지는 삶의 어떤 것을 의미하지 않는다. 그보다 두카는 내부적인 현상으로, 근본에서부터 일어나는 삶의 어떤 것이다. 샬럿 조코 벡은 자신의 책에 이렇게 적었다.

"그러므로 고통에는 두 가지 종류가 있다. 하나는 무엇인가 우리를 내리누르는 느낌을 받을 때이다. 마치 고통이 외부로부터 달려들고 있는 것처럼. 마치 자신을 고통스럽게 만드는 상황이 우리에게 주어지는 것처럼. 또 다른 종류의 고통은 근본에 존재하는 것, 그것을 이미 품고 있는 것, 다만 그 자체가 되는 것이다."

나의 경우 '삶 그 자체가 되는 것'이란 오랫동안 계속해 온 직장 생활에 예상보다 빨리 종지부를 찍은 것을 의미했다. 또한 집 안에 갇혀, 심지어 침대에 매여 많은 시간을 보내고, 지속적으로 몸에 통증을 느끼며, 사람들과 자주 어울릴 수 없는 것을 의미했다. 나는 샬럿 조코 벡의 가르침을 이용해서 내 삶을 구성하는 이런 사실들을 새로운 출발점으로 삼을 수 있었다. 이런 사실들에 고개 숙여 절하고, 그것들을 받아들이고, 그것들과 하나가 될 수 있었다. 그런 다음 그 지점에서부터 삶이 내게 준 것들을 둘러보았다.

그리고 많은 것을 찾아냈다.

.

고통의 끝

앞서 설명했듯이 붓다는 인생이 고통스럽고 스트레스로 가득하고 불만족스러울 뿐이라고 말하지 않았다. 붓다는 다만 두카가 모든 존재의 삶에 존재한다고 가르쳤다. 몇 년 전 한 법대생이 불교는 비관적인 종교라고 나에게 말한 적이 있다. 왜 그렇게 생각하느냐고 묻자 그는 대답했다.

"그 첫 번째 고귀한 진리라는 것이 이거잖아요. 인생은 거지 같다."

그것이 붓다의 가르침을 제대로 번역한 것이 아님을 그에게 설명하려고 노력하면서 나 자신이 그 첫 번째 고귀한 진리에 대해 생각하고 있던 방식에 변화가 일어났다. 그렇다, 인생이 상당히 많은 몫의 고통과 스트레스를 수반하는 것은 사실이다. 하지만 우리는 행복과 즐거움 또한 가질 수 있다. 붓다는 인생을 만 개의 기쁨과 만 개의 슬픔으로 이루어진 땅으로 묘사함으로써 이를 표현했다. 불교 스승들은 이러한 만 개의 슬픔에 집중한다. 왜냐하면 우리는 자신의 삶에 두카가 존재한다는 진리를 볼 수 없으며, 이것이 두카를 더 커지게 만들기 때문이다.

붓다는 자신이 두 가지를 가르쳤다고 말했다. 두카와 두카의 종말이다. 나 자신이 '두카의 종말'의 길로 갈 수 있도록 도와준 수행법들을 이야기하기 전에, 먼저 두카의 진리를 분명히 알 필요가 있다. 그리하여 '두카의 종말'이 무엇을 의미하는지 이해할 수 있도록. 인생이 그럴 수밖에 없는 상태로 존재한다는 사실—두카까지도—을 알게 되기 전까지는 두카의 종말을 탐구하는 일은 부질없다. 당신은 고통, 불만족, 괴로움, 스트레스, 불편함, 건강하지 않음을 경험하지 않은 사람을 단 한 명이라도 알고 있는가? 몸이 건강하거나 아프거나 상관없이.

수업 시간에 '불법행위'에 대해 가르칠 때, 나는 학생들과 함께 민사소송에서 원고가 청구할 수 있는 손해를 공부하며 몇 주를 보냈다. '특별손해'는 원고가 영수증으로 증명할 수 있는 손해이다. 예를 들어 자기공명영상법 비용 천 달러 같은 것이다. '일반손해'는 원고의 '고통과 괴로움'을 말한다. 여기에 영수증 같은 것은 없다. 배심원은 이런 무형의 손해에 금전적인 가치를 매기도록 요구받을 뿐이다. '고통과 괴로움'은 법조계에서 흔히 사용되는 문구이다. 불교 수행법에 근거해서 나는 이 손해의 종류를 '육체적 고통'과 '정신적 고통'으로 나누어 보았다. 학생들이 배심원의 임무를 더 잘 이해하는 데 도움이 되리라 생각했기 때문이다. 이 구분은 두카의 진리를 이해하는 데에도 적용된다. 왜냐하면 붓다는 '두카의 종말'에 관해 육체적 고통을 끝내는 것이라고 말하지 않았기 때문이다. 육체적 고통은 인간사의 피할 수 없는 일부분이다. 붓다는 마음속 고통의 종말에 대해 이야기하고 있었다. 이것이 곧 이 책의 주제이다.

첫 번째 고귀한 진리가 모든 곳에 존재하는 고통을 지적하는 반면, 나머지 진리들은 그것에 대해 우리가 무엇을 해야 할지, 마음속 고통의 종말을 위해 어떻게 해야 할지로 우리를 인도한다. 두 번째 고귀한 진리는 우리가 정신적 고통, 스트레스, 괴로움이라고 생각하는 그 두카의 원인이 '탄하'라고 이야기한다. '탄하'를 문자 그대로 번역하면 '목마름'이다. 이것은 두 번째 고귀한 진리에 대해 우리가 일반적으로 이해하고 있는 개념, 즉 고통의 근원이 욕망이라는 것과 그리 동떨어져 있지 않다. 나는 탄하를 우리 삶에서 무엇을 '원하거나' '원하지 않는' 정신적 상태라고 생각한다. 이것은 늘 존재하는 것이다. 예를 들어 우리는 즐거운 경험을 원하지만 불쾌한 경험은 원하지 않는다.

세 번째 고귀한 진리는 두카의 종말이 가능하다는 반가운 소식을 전해 준다. 그리고 네 번째 고귀한 진리에서 붓다는 이것을 이루기 위한 수행 계획을 제시한다. 이 수행 계획은 '여덟 가지 바른길'(팔정도八正道. 바른 견해, 바른 생각, 바른 말, 바른 행동, 바른 생활, 바른 정진, 바른 마음챙김, 바른 집중)에 담겨 있다. 여덟 가지 바른길을 따름으로써 우리는 앞에서 이야기한 건강하고 즐거운 마음 상태를 키우는 법을 배울 수 있다. 두카의 종말과 함께 깨달음, 깨어남, 해탈, 자유, 해방이 찾아온다. 어떤 단어를 선택하든 관계없다.

우리는 일생 동안 여덟 가지 바른길이라는 수행 계획을 모두 성취하지 못할 수도 있다. 다시 말해 완전히 깨달은 존재가 되지 못할 수도 있다. 하지만 이 깨달음을 어렴풋이 엿보는 것, 해탈을 짧은 순간 경험하는 것, 자유를 맛보는 것은 우리 모두가 할 수 있다. 그리고 이것은 두카를 경험할 때 마음을 편하게 만드는 영원의 길로 우리를 인도할 것이다.

4
인생이라는 날씨

생겨나고 사라지는 실체를 깨닫고
단 하루를 사는 것이 낫다.
그것을 깨닫지 못한 채 백 년을 존재하는 것보다는.
붓다

*

마음속 두카에 종말을 가져오기 위해서는 붓다가 '존재의 세 가지 표시'(삼법인三法印)라고 말한 것을 이해할 필요가 있다. 첫 번째 표시는 이미 이야기했다. 우리 삶에 두카가 존재한다는 사실이다. 나머지 두 가지는 무상(아니카)과 무아(아나타)이다. 붓다는 인간 존재의 특성들을 처음 설명할 때 무상에서부터 시작했다. 무상은 만고의 진리이다. 다른 종교 전통이나 과학계에서도 이것이 모든 살아 있는 존재의 삶에 공통된 성질임을 인정하고 있다.

1990년대 후반, '영혼의 바위' 명상 프로그램에서 조지프 골드스타인은 무상을 설명했다. 이는 무상에 대한 설명 중 내가 가장 좋아하는 것이 되었다. 나날의 삶에서 그것을 경험하기 때문이다. 그는 말했다.

"무슨 일이든 일어날 수 있다. 그 언제라도."

처음에는 이 말에 대해 팔리 어 아니카를 '만물은 무상하다'로 옮긴 것을 들었을 때처럼 반응했다. 이렇게 생각하면서.

'그러게요. 뻔한 얘기는 그만하고 이제 새로운 걸 알려 달라고요.'

그러나 건강을 회복하지 못하게 되자 '무슨 일이든 일어날 수 있다. 그 언제라도.'의 의미를 깊이 되새겨 보기 시작했다. 병에 걸린 뒤 낫지 않는 것, 직업을 포기해야 하는 것, 좀처럼 집 밖으로 나갈 수 없는 것 등이 그것이었다. 그렇다, 무슨 일이든 일어날 수 있다. 그 언제라도. 인생은 무상하고 불확실하고 예측할 수 없고 늘 변화한다.

어떻게 하면 이 만고불변의 진리에서 위안을 찾을 수 있을까? 위대한 스승 도겐 선사(1200∼1253, 일본 선불교 계통의 종파 중 하나인 조동종의 창시자)가 그 실마리를 제공한다.

"뼛속을 파고드는 매서운 추위가 없었다면, 어떻게 매화꽃이 그 향기를 온 세상으로 퍼뜨릴 수 있었겠는가?"

무상의 진실을 보기 시작할 때 우리에게는 도겐 선사의 말 중, '뼛속을 파고드는 매서운 추위'라는 구절이 가슴에 다가온다. 내 직업을 포기해야만 했던 것이 지금도 어떤 날에는 그 추위처럼 느껴진다. 이제 나에게 주어진 도전은 그 매화꽃들이 퍼뜨린 향기를 찾는 것이다. 직업을 포기한다는 매서운 추위가 없었다면 나는 방 안에 울려 퍼지는 모차르트와 베토벤의 향기를 느낄 수 없었을 것이다. 물론 아프기 전부터 그 향기를 감상할 수도 있었겠지만 사실은 그러지 못했다. 하루의 대부분을 침대에 누워 있어야 한다는 매서운 추위가 없었다면 계절의 변화에 그토록 민감해지지 못했을 것이다. 침실 바로 밖에서 일어나는 그 변화를 창문을 통해 볼 수 있다는 사실을 예전에는 미처 깨닫지 못했다. 더 많은 영감을 받기 위해 나는 도겐 선사의 구절로 또다시 돌아가곤 한다.

베트남 출신의 선승 틱낫한(평화운동가이자 시인. 프랑스 남부에 명상 센터 플럼 빌리지를 설립하였음)의 저서 또한 무상함 속에 내재하는 아름다움을 발견하는 데 도움이 되었다. 붓다의 일대기를 그린 《소설 붓다 *Old Path White Clouds*》에서 틱낫한은 무상이 인생에 매우 필수적인 조건임을 지적한다. 무상이 없다면 어느 것도 자라거나 발전할 수 없다. 볍씨는 벼로 자랄 수 없다. 아이는 어른으로 성장할 수 없다. 이 병이 있었기 때문에 나는 여러 면에서 '성장'하게 되었다. 그것은 클래식 음악에 대한 사랑을 새롭게 발견한 것부터 만성병 환자들과 그들을 보살피는 사람들에 대한 자비심이 커진 것, 그리고 드러나지 않은 곳에서 사회 기반 시설이 계속 돌아가도록 열심히 일하는 사람들에 대한 감사까지 다양하다. 바깥 날씨가 섭씨 37도를 넘거나 폭우가 쏟아지거나에 관계없이 누군가는 편지를 배달하고, 전봇대에 오르고, 거리를 청소하는 모습을 나는 집 안에서 볼 수 있다.

날씨 명상

        불교 스승들은 무상을 번역하기 위해 덧없음, 변화, 예측 불가능성, 불확실성과 같은 다양한 단어를 이용한다. 이것은 생물이든 무생물이든 간에 모든 존재의 공통적인 특징이다. 이 중 예측 불가능성과 불확실성은 커다란 불안과 고통의 근원이 될 수 있다. 우리는 안전과 확실성이라는 정반대의 것을 열망하기 때문이다. 무상의 이 두 가지 측면을 다루는 명상을 여기서 하나 소개할까 한다. 나는 이것을 '날씨 명상'이라고 이름 붙였다. 다른 무엇보다도 2005년에 제작된 영화 〈웨더 맨〉에서 영감을 받은 것이다. 이 영화에서 주연을 맡은 니콜라스 케이지는 '데이브 스프리츠'라는 인물을 연기한다.

데이브는 시카고 텔레비전 방송국의 기상 캐스터로서 안정적인 직업을 가지고 있음에도 불구하고 방황하는 인생을 살고 있었다. 사실 그는 기상 예보관이 시키는 대로 '날씨를 그대로 읽기만 하는 사람'에 불과했다. 어느 날 기상 예보관이 위아래로 섭씨 10도나 차이가 나는 예보를 주자 데이브는 좀 더 명확한 내용이 필요하다며 불만을 토로했다. 그러자 그 기상 예보관이 말했다.

"데이브, 날씨는 어떻게 될지 모르는 거야. 우리는 그냥 최선을 다하자고."

다른 어느 날 기상 예보관은 데이브로 하여금 방송국 카메라 앞에서 이렇게 말하도록 준비시켰다.

"눈이 조금 올 수 있겠지만 남쪽 지방으로 이동한 후 사라질 가능성도 있습니다."

시청자들은 좀 더 확실한 예보를 원할 것이라고 데이브가 이의를 제기하자 기상 예보관이 말했다. 날씨를 예상하는 건 추측일 뿐이라고.

"이봐, 그건 바람이야. 어디로든 불 수 있다고."

이 말은 나에게 큰 영감을 주었고 매우 유용한 도구가 되었다. 인생의 예측 불가능성과 불확실성이 나를 혼란에 빠뜨릴 때 나는 토니에게 이렇게 말하길 좋아한다.

"또 왔네, 인생이란 날씨가. 봐, 이건 바람일 뿐이야. 어디로든 불 수 있어."

그런 다음 도겐 선사의 구절로 돌아가 이런 사실을 나 자신에게 상기시킨다. 그 매서운 추위를 가져온 바람은 그 바람에 뒤이어 올 어떤 즐거움을 준비해 놓고 있다고.

나는 생각과 기분을 마음속으로 불어오고 나가는 바람처럼 대하려고 노력한다. 우리는 마음속에서 일어나는 생각들을 통제할 수 없다. 예를 들어 가족 식사 모임에 참석할 수 있을 만큼 몸 상태가 좋아질지에 대해 생각하지 말라고 한다면 틀림없이 당신은 그 생각을 계속하게 될 것이다! 그리고 기분은 생각만큼이나 통제하기가 어렵다. 우울한 기분은 불청객처럼 일어나고, 두려움이나 불안도 마찬가지다. 바람에 비유한 이 가르침을 연습함으로써 나는 고통스러운 생각과 우울한 기분을 좀 더 가볍게 잡고 있을 수 있었다. 그것들이 곧 날아갈 것임을 아니까. 어쨌든 이것은 그것들이 하는 일이다.

어느 날 밤에는 몸이 너무 아파서 이 책을 위해 해 온 모든 작업을 내던져 버리고 싶었다. 어두운 생각이 떠오르고 우울한 기분이 들었다.

눈에는 눈물이 그렁거렸다. 하지만 그 눈물을 흐느낌으로 만드는 대신 깊은숨을 쉬고 날씨 명상을 시작했다. 생각과 감정은 어디로든 날아간다는 사실을 기억하면서. 기다리기만 하면 내가 느끼는 이것들이 곧 날아갈 것임을 기억하면서. 그러자 그것들은 실제로 날아갔다.

파리 독감이 만성병으로 자리 잡았음이 분명해졌을 때 토니와 나는 한 가지 문제를 생각하기 시작했다. 토니가 한 달 동안 명상 프로그램에 참가하는 것이 현실적으로 가능한지가 그것이었다. 긴급 상황일 때 내가 전화하는 것이 아니라면 그 기간에는 토니와 연락이 닿지 않을 것이었다. 나는 정말로 토니를 보내 주고 싶었다. 왜냐하면 그것이 내가 토니를 보살핀다고 느끼게 하는 방법이었기 때문이다. 토니는 2005년에 처음으로 그 명상 프로그램에 참가했고 그 후 해마다 2월이 되면 그곳으로 갔다. 매년 참석하는 주요 행사가 된 것이다. 토니가 가기 전에 미리 준비해 놓은 것들은 곧 다가올 허리케인에 대비하는 사람들의 경우와 비슷했다. 그는 한 달 치 식량을 집으로 가져왔다. 그런 다음 음식들을 미리 요리해서 냉장고 속에 한가득 채워 넣었고, 도움이 필요할 때 연락할 마을 사람들도 준비시켜 놓았다. 나는 매사에 각별히 조심하겠다고, 필요한 일이 생기면 전화하겠다고 토니에게 약속했다.

2009년 2월 우리 집의 일기 예보는 내 병에도 불구하고 고요한 날씨를 예상했다. 그러나 토니가 떠나고 난 이틀 뒤 아침 9시, 눈 깜짝할 사이에 상황이 바뀌었다. 어느 순간 나는 침실로 이어진 계단의 두 칸 위에 서 있었다. 그리고 다음 순간 침실 바닥에서 고통으로 몸부림치고 있었다. 계단에서 미끄러지면서 오른쪽 발목을 깔고 넘어진 것이다.

통증이 가라앉기 시작하자 나는 침대 위로 몸을 끌어 올려 곧장 노트북 쪽으로 다가가 마음속에 떠오르는 단 한 가지 질문을 검색했다. 그 질문은 '의사를 만나러 가야 할 것인가?'였다. 만성병 환자들에게 병원 진료는 힘든 시련이 될 수 있다. 병원까지 가고 오는 길을 운전해야 하고, 병원에서 오래 기다리게 될 수도 있고, 의사와 효과적으로 의사소통하는 데 에너지를 써야 한다. 그러므로 자신을 돌봐 주는 사람과 함께 가는 편이 훨씬 수월하다. 내가 병원에 갈 때면 토니가 운전을 하고 접수를 하기 위해 줄을 서고 검사실까지 나를 데리고 간다. 나는 토니가 없는 2월에는 병원 진료 예약을 전혀 하지 않는다.

발목이 급속도로 붓고 착색되어 감에도 불구하고 인터넷으로 찾아본 내용은 나에게 이런 확신을 주었다. 24시간 후에도 그쪽에 체중을 실을 수 없다면 그때 비로소 의사에게 가면 된다는 결론이었다. 그래서 기다렸다. 그리고 침대에서 나와 어딘가로 가야 할 때는 집 안을 기어 다녔다. 우리 집 개 러스티는 이 모습을 보고 아주 즐거워했다. 러스티는 내가 마침내 광명을 찾아서 자신과 같은 종에 합류하고 있다는 듯이 행동했다. 이것이 러스티 쪽에서는 크게 축하할 일인 듯했다. 그러므로 러스티가 기쁨에 겨워 내 오른발 위로 올라서지 않도록 주의를 기울이는 일이 또 다른 도전 과제가 되었다.

넘어진 첫날 고통을 느끼며 침대에 누워 있는 동안 그 기상 예보관이 데이브에게 한 말을 생각했다.

"데이브, 날씨는 어떻게 될지 모르는 거야. 우리는 그냥 최선을 다하자고."

토니와 나는 평온한 2월을 준비하기 위해 정말로 최선을 다했다. 그러나 우리 모두가 끊임없이 알아차리게 되듯이 무슨 일이든 일어날 수 있다. 그 언제라도. 예방 조치를 취하는 것은 가능하지만 미래를 예측하는 것은 바람이 어느 방향으로 불지 예측하는 것만큼이나 소용없는 일이다.

다음 날에도 여전히 오른발에 체중을 실을 수 없게 되자 우리 부부의 친구인 리처드가 나를 병원으로 데려갔다. 진단 결과는 종아리뼈 골절이었다. 예보는 이러했다. 몇 주 동안 그쪽에 체중을 실을 수 없음. 깁스를 해야 함. 이 깁스는 너무 무겁기 때문에 다리를 움직이는 데에만 내 모든 에너지를 쓰게 될 것임. 움직이려면 목발을 짚거나 기어 다녀야 함. 나는 이 상태를 나 혼자 하루 동안 더 참아 보았다. 도움을 주는 사람들이 있었음에도, 원래 있던 병에 보태진 부상은 내가 감당하기엔 과도한 것임이 드러났다. 둘 중 하나라면 나 혼자 처리할 수 있었을 것이다. 하지만 둘 다는 할 수 없었다. 그날 밤 잠자리에 들기 전, 침대에서 겨우 몇 발짝밖에 떨어지지 않은 화장실까지 다녀오는 데 10분이나 걸렸을 때 토니를 집으로 오게 할 필요가 있음을 깨달았다. 그렇게 기진맥진한 상태로 침대에 누워서 쉬고 있는데 화장실 세면대 위의 전등을 끄지 않았다는 사실을 알게 되었다. 그 전등은 내 눈 속에서 밝게 빛나고 있었다. 나는 화장실까지 갔다 오는 그 과정을 처음부터 다시 시작하는 수밖에 없었다.

그리하여 토니는 귀중한 한 달간의 명상 프로그램에 들어갔다가 나흘 만에 다시 집으로 돌아왔다. 그리고 그 한 달 동안, 환자를 보살피는 사람이었던 자신의 역할을 걷지도 못하는 아이 보는 사람으로 바꾸었다. 인생이라는 날씨였다. 한순간 고요했다가 다음 순간 거센 폭풍우가 불어닥쳤다.

날씨 명상은 경험의 덧없는 본성을 재확인시켜 주는 강력한 도구이다. 즉 어떻게 매 순간이 날씨 변화만큼이나 빠르게 일어났다가 사라지는지를 상기시켜 준다. 넘어지고 난 일주일 뒤에는 정형외과 의사를 만나러 갔다. 어쩌면 다리에 철심을 박는 수술이 필요할지도 모른다며 내가 정기적으로 찾아가는 의사가 진료를 주선해 주었다. 검사실에서 기다리고 있는데 수련의가 먼저 들어왔다. 그는 엑스레이 결과를 살펴보며 말했다. 인대에 생긴 파열과 손상으로 미뤄 볼 때 그 부위를 안정시키기 위해 수술이 필요할 가능성이 높다고. 그는 자신이 알아낸 사항을 정형외과 의사에게 보고하려고 방을 나갔다. 만약 수술을 받아야 한다면, 그것이 내 병에 어떤 영향을 미칠지 생각하는 동안 토니와 나에게 어두운 먹구름이 몰려왔다. 정형외과 의사가 동반해 올 폭우가 이 방에 쏟아질 것을 예상하고 있었는데 그 의사는 들어와 날 보자마자 말했다.

"수술이라고? 아니야, 아니야, 아니야! 이 부위는 안정적이에요. 통증이 느껴지는 동안 발목을 쓰지 말고, 관절이 예전처럼 다시 움직일 수 있도록 물리치료를 받기만 하면 돼요."

순식간에 해가 구름 사이에서 모습을 드러냈다. 토니와 나는 뛸 듯이 기뻤다.

하지만 30분 뒤 집의 침대에 누워 낮잠을 청하는 동안 차가운 짙은 안개가 내려앉았다. 내가 이렇게 생각했기 때문이다.

'그 정형외과 의사가 좋은 소식을 알려 준 게 무슨 소용이람. 정상적으로 다시 걸을 수 있다 해도 나는 여전히 아플 것이고, 하루 종일 침대에 매여 있을 텐데. 그리고 토니는 내게 이렇게 각별한 관심을 쏟고 있음에도 불구하고 외출할 때 나와 동행할 수 없을 텐데.'

한 시간 남짓 사이에 나는 어두운 먹구름, 폭우의 위협, 폭우 대신 갑자기 나타난 해, 그리고 차가운 짙은 안개를 경험했다. 매 순간의 덧없는 성질을 깨닫게 되자 나는 미소 지을 수 있었다. 마음속에서는 《금강경》의 마지막 구절이 떠올랐다.

'그러므로 덧없는 이 세상을 생각해야 한다.

새벽녘의 별을, 물거품을

한여름 구름 속 번개의 섬광을

깜빡거리는 등불과 환영과 꿈을.'

머지않아 태양이 차가운 짙은 안개를 사라지게 할 것임을 나는 알았다. 그리고 도겐 선사가 말한 매화꽃 향기를 맡게 될 것임을.

깨진 유리잔 명상

마지막으로 나는 불확실성과 예측 불가능성의 진리와 함께 품위를 지키며 살기 위해 '깨진 유리잔 명상'이라고 이름 붙인 것을 따라 했다. 이 명상은 태국 승려 아잔 차(1918~1992)의 가르침을 모은 《아잔 차의 마음*Food for the Heart*》의 한 구절에서 영감을 받았다. 아잔 차는 외딴 숲 속에 있는 사원에서 많은 서양인을 가르쳤고, 서양에서 동남아시아 불교를 받아들이게 하는 데 큰 영향을 미쳤다. 뒤에서 좀 더 자세히 살펴보겠지만 그는 평정심에 대해 유용한 가르침을 준다. 평정심은 종종 인생의 굴곡을 고요하고 침착한 마음으로 헤쳐 나가는 능력으로 표현된다.

다음은 아잔 차가 유리잔에 대해 설명하는 부분이다.

"여러분은 '내 유리잔 깨지 마!'라고 말합니다. 하지만 깨지기 쉬운 것을 깨지지 못하게 막을 수가 있겠습니까? 유리잔은 조만간 깨지게 될 것입니다. 당신이 깨지 않는다면 다른 누군가가 그렇게 할 것입니다. 다른 누군가가 깨지 않는다면 닭들 중 한 마리가 그렇게 할 것입니다! (중략) 이러한 일들의 진리를 꿰뚫어 보면서 우리는 이 유리잔이 이미 깨진 상태라고 봅니다. (중략) 붓다는 깨지지 않은 잔 속에 존재하는 이미 깨진 잔을 보았습니다. 이 잔을 사용할 때마다 그것이 이미 깨져 있음을 생각해야 합니다. 때가 되면 그것은 깨질 것입니다. 그러므로 그 잔을 사용하고 간수하십시오. 손에서 미끄러져 산산이 부서지는 날까지. 그렇게 되어도 아무 문제 없습니다. 왜일까요? 당신은 잔이 깨지기 전에 이미 그 잔의 깨어짐을 보았기 때문입니다!"

나는 이 깨진 유리잔 명상을 언제나 이용한다. 붓다는 일어난 모든 것은 변화하고 쇠퇴하고 사라지게 마련이라고 가르쳤다. 그러므로 무엇이 깨지거나 전기가 나가거나 동네 다람쥐가 전화선을 또 물어뜯어 전화가 먹통이 되면 토니와 나는 웃으며 이렇게 말한다.

"아, 그건 이미 깨져 있었지."

은유로서의 깨진 유리잔 명상은 아픈 상태로 지내는 것의 결과 중 하나를 받아들일 때 도움이 되었다. 인터넷을 뒤지다 보니 그 결과는 '만성병 환자가 가장 적응하기 어려운 일 열 가지' 목록으로 나타날 정도로 공통적이었다. 그것은 바로 우리에게 엄청난 기쁨을 가져오는 활동이 자신의 상태를 더 악화하는 활동이기도 하다는 사실이었다. 이것은 삼키기에는 너무 쓴 약이었다. 그리고 때로는 여전히 그러하다.

이러한 활동들에는 휴일 저녁 식사부터 결혼식과 같은 특별 행사에 이르기까지 모든 것이 포함된다. 오랜 시간 똑바로 앉아 있어야 하는 것, 소음으로 가득한 방에서 대화에 집중하려고 노력하는 것, 몸은 누울 곳을 절실히 바라는데도 불구하고 자리를 뜰 수 없거나 이동 수단이 없는 것 등은 만성병의 증상을 악화하는 활동 중 극히 일부분의 모습이다. 건강한 사람들조차 이런 모임에서는 진이 빠질 것이고 회복하는 데 하루 이틀이 필요할지 모른다. 그러므로 이것들이 이미 아픈 사람에게 그토록 엄청난 영향을 줄 수 있다는 것은 놀라운 사실이 아니다.

만성병 환자는 무상함의 가장 어려운 측면에 적응해야 한다. 가장 어려운 측면이란 최상의 즐거움 중 하나로 여기던 활동들에 갑자기 참여할 수 없게 되는 것과 같은, 자신의 삶에 다가온 예기치 못한 변화이다. 이때 깨진 유리잔 수행이 특히 도움이 된다. 나는 이런 활동들에 참가할 수 있는 능력이 이미 깨졌다고 생각하면서 위안을 찾았다. 내 인생에 일어난 이런 변화가 언젠가 모든 사람에게도 그들을 놀라게 하며 닥치게 될 것이기 때문이다. 단지 그 변화가 일어난 방법과 시기가 조금 다를 뿐이다.

그런 다음 나는 무상함에 대해 명상한다. 내 인생의 모든 측면이 불확실하고 예측 불가능하며 끊임없이 흐른다는 사실을. 마침내 아잔차처럼 나도 내가 여전히 할 수 있는 것들을 소중히 여기며 매 순간을 보살핀다. 모든 것이 한순간에 변화할 수 있음을 깨달으며.

5
아프지 않은 이 '나'는 누구인가

나는 무엇인가.

나는 '흐름'이다. 시스템 이론가들이 깨닫게 해 주었듯이.

나는 물질과 에너지와 정보의 흐름이다.

조애나 메이시

*

아프기 전, 정말 운 좋게도 나는 상좌부 불교(소승불교의 일종. 스리랑카, 캄보디아, 미얀마, 태국 등에 퍼져 있음) 수행자인 카말라 마스터스가 다른 교사들과 함께 이끈 '영혼의 바위' 명상 프로그램에 몇 차례 참석한 적이 있었다. 2000년에 열린 명상 프로그램에서 카말라 마스터스는 자신의 근본스승(마음의 본성에 대한 근원적 지혜를 가르쳐 주는 스승)에 대한 이야기를 우리에게 들려주었다. 그 스승은 인도에 살고 있는 무닌드라지였다.

무닌드라지는 언제나 불교 성지를 보고 싶어 했다. 무닌드라지가 연로한 상태였으므로 카말라 마스터스는 더 늦기 전에 스승을 몇 군데 성지로 모시고 가기 위해 친구 몇 명과 함께 인도를 여행했다. 어느 날 그들은 기차역에서 열차를 기다리고 있었다. 기차는 다섯 시간이나 연착한 상태였다. 찌는 듯 더운 날이었는데 먹을 것도 없고 화장실도 없었다. 기차를 타게 될 플랫폼은 자꾸 변경되었고, 그들은 계속 자리에서 일어나 다른 곳으로 이동해야만 했다. 무닌드라지는 매번 옮겨 간 장소에서 자신의 한쪽 팔 위에 머리를 올려놓은 채 앉아 있곤 했다. 그가 너무도 노쇠해 보였기에 카말라 마스터스는 스승이 이 상황을 어떻게 견디고 있는지 걱정되기 시작했다. 그녀뿐만 아니라 친구들도 이 상황에 좀처럼 대처할 수 없었기 때문이다. 마침내 그녀는 스승에게 몸이 괜찮은지 여쭈었다. 스승은 대답했다.

"이곳에 열기가 있지만 나는 덥지 않다. 이곳에 배고픔이 있지만 나는 배고프지 않다. 이곳에 우리를 성가시게 하는 일들이 있지만 나는 성가시게 느끼지 않는다."

병에 걸린 후 침대에 누워 있게 되었을 때 어느 날 카말라 마스터스의 이야기가 생각났다. 그래서 조용히 되뇌었다.

"이곳에 아픔이 있지만 나는 아프지 않다."

말도 안 되는 이야기였다. 하지만 나는 앞의 이야기에 영감을 얻어 그 말을 자꾸만 반복했다.

"이곳에 아픔이 있지만 나는 아프지 않다. 이곳에 아픔이 있지만 나는 아프지 않다……."

몇 분 뒤 나는 깨달았다.

"그래! 내 몸에는 병이 있지만 '나'는 아프지 않아!"

이것은 뜻밖에 생겨난 크나큰 위로의 원천이었다. 그러나 잠시 후 그 말을 좀 더 깊이 살펴보기로 했다. 그렇게 하자 다음과 같은 질문이 떠올랐다.

'아프지 않은 이 '나'는 누구인가?'

이 질문은 나로 하여금 무아 혹은 '고정됨 없고 변하지 않는 자신'에 대해 생각하게 만들었다. 고정됨 없는 자신에 대한 붓다의 가르침은 지금도 그렇지만 가히 혁명적이었다. 그것은 붓다가 자신의 모태 신앙인 힌두교로부터 벗어난 주된 방법이었다. 물론 다른 사람들과 의사소통하기 위해 우리는 '내가' '나를' '나의 것' 같은 관습적인 용어를 사용해야 한다. '내가, 나를, 나의 것'은 비틀스의 〈렛잇비〉 음반에 수록된 조지 해리슨의 노래 제목에서 빌려 왔다. '토니 버나드'라는 말을 사용하지 않는다면 나는 운전 면허증도 장애인 수당도 받을 수 없다. 그리고 지금 이 단락에서 설명하고 있는 이유 때문에 나는 이 책에서 자신을 지칭하는 단어를 계속 사용할 것이다. 하지만 '나'라는 단어를 사용할 때 그 단어가 마음속에 떠오르는 동안에도 다음과 같은 질문을 여전히 생각해 볼 수 있다.

'나는 누구인가? 무엇이 토니 버나드인가? 토니 버나드는 본래부터 스스로 존재하는 확고한 육체적·정신적 실체인가, 아니면 토니 버나드는 늘 변화하는 특성들의 무리에 붙여진 표시인가?'

이것은 우리 모두 탐구해 볼 가치가 있다.

우리는 모두 '자신의 존재'에 대해 희미한 느낌을 가지거나 심지어 구체적인 느낌도 가진다. 마음으로 하여금 영구적이고 변하지 않는 자신이나 영혼을 상상하도록 만드는 것은 바로 이 느낌이다. 우리의 전체 인생은 이것을 중심으로 돌아간다. 조지프 골드스타인과 잭 콘필드는 《마음의 지혜를 찾아서 *Seeking the Heart of Wisdom*》에서 이를 아름답게 표현하고 있다.

"운동을 통해서나 운동 부족으로 인해 몸을 다양한 방식으로 길들이듯이 마음도 그렇게 길들일 수 있다. 반복적으로 경험하는 모든 마음 상태와 생각과 감정은 갈수록 강해지고 점점 더 습관이 된다. 개인으로서의 우리 존재는 그동안 발달시켜 온 마음의 성향이 전부 모인 것이고 지금까지 만들어 온 특정한 에너지 형태이다."

10년 전 자신이 누구였는지 생각해 보라. 그때부터 지금까지 그대로인 듯한 성격의 일부는 한 순간부터 다음 순간까지 이어진 어떤 영구적인 실체로부터 나오는 것이 아니다. 그것은 이전 순간에 의해 조건 지어진 매 순간으로부터 나온다. 당신은 10년 전부터 지금까지 이어진 영구적인 자신을 파악할 수 없다. '나'라는 것은 생각이고 감정이다. 그 생각과 감정이 너무도 확고하게 유지되기 때문에 고정된 개인이 경험하는 것은 실제처럼 보인다.

자전거를 생각해 보자. 자전거는 우리가 편의상 '자전거'라고 지정한 특정한 조합에 따라 강철과 플라스틱, 인간의 지능을 일시적으로 조립해 놓은 것에 불과하다. 본래의 '자전거 존재'란 없다. 인간도 마찬가지다. 독립체로 존재하며 변하지 않고 항상 일정한 인물인 토니 버나드는 없다. 즉 이전의 원인들에 의해 조건 지어진 육체적·정신적 활동의 생성과 소멸로부터 별개로 존재하는 토니 버나드는 없다. 정신적인 현상이든 육체적인 현상이든 그것을 일어나게 하는 조건과 별개로 독립적으로 존재하는 것은 없다. 이 관점은 원인과 결과 너머에 있는, 영원하고 변하지 않는 존재나 영적 본질을 받아들이는 종교들과는 반대이다. 스티븐 콜린스(시카고 대학 인문대 교수)는 자신의 저서 《'나'가 사라진 사람들Selfless Persons》에서 이렇게 말했다.

"부분들이 일시적으로 조합된 것 그 이상은 개인에게 존재하지 않는다."

고정된 자아가 없다는 진리를 명상하는 것은 만성병을 앓게 된 이후 나에게 커다란 도움을 주었다. 한때 우리 모두는 이렇게 생각하지 않았던가?

'이런 나 자신으로부터 벗어날 수만 있다면!'

말할 때 '내가, 나를, 나의 것'이라는 표현을 제거하는 것이 얼마나 큰 위안이 되는지 우리는 직관적으로 알고 있다. "그런 눈물조차도 내가, 나를, 나의 것, 내가, 나를, 나의 것, 내가, 나를, 나의 것"이라고 노래하는 조지 해리슨의 목소리는 '자아'의 지속적인 존재를 부드럽게 상기시킨다. 무아를 경험하는 것은 인생의 짐을 덜어 주고 나날의 삶에 활짝 열린 자유로운 기분을 가져다준다.

무상을 아는 것은 무아를 경험하는 데 도움이 될 수 있다. 내가 참가했던 명상 프로그램에서 조지프 골드스타인은 말했다. 몸과 마음은 실재하고 고정되어 있고 확고한 것처럼 느껴지지만 우리가 주의 깊게 바라보면 매달릴 대상은 존재하지 않는다고. 그는 물었다.

"5분 전에 느낀 기분은 어디에 있습니까? 몇 초 전에 한 생각은 어디에 있습니까? 두 시간 전에 자기 자신을 잘 안다고 말한 그 전문가는 어디에 있습니까?"

그는 그 대답이 '사라졌다!'임을 암시했다. 그의 말을 깊이 생각해 본 뒤 나는 그 기분, 그 생각, 그 전문가를 마음속에서 순간적으로 일어나는 대상으로 보게 되었다.

조지프 골드스타인은 설명을 이어 나갔다. 이렇게 일시적으로 일어나는 것들을 모아서 한데 묶으면 그것들이 이내 확고한 것처럼 느껴진다고. 나는 다시 한 번 이것을 명상했다. 그리고 이렇게 생각했다.

'아, 그래. 내 생각을 한데 묶으면 그것들이 토니 버나드라는 고정된 실체처럼 느껴지는구나.'

조지프 골드스타인은 이런 명령을 내림으로써 이 고정된 실체를 통제할 수 있는지 보라고 말했다. "난 즐거운 기분만 느낄 거야!"라거나 "이 허리 통증은 안 느낄래!"라고.

나는 이것을 시도해 보았지만 마음이나 몸이 이 명령들을 따르도록 할 수는 없었다. 인생에서 일어나는 일들은 통제할 수 없는 상태로 생겨난다. 그 일들은 그것을 조절하는 '나'로부터 발생하는 것이 아니다.

이 가르침은 사람들을 불안하게 만들 수 있다. 하지만 그것이 자신을 자유롭게 한다는 사실을 당신들도 나처럼 발견했으면 좋겠다. 나는 일부러 이렇게 생각하는 것을 좋아한다.

'나는 토니 버나드이다.'

그런 다음 그것이 사실인지 생각해 본다. 사람들은 나를 '토니 버나드'라 부르고 그럴 때면 나는 대답한다. 병원 대기실 의자에 앉아 있을 때 이 두 단어가 불리면 나는 일어난다! 그러나 고정되어 있고 변하지 않는 영구적인 실체는 찾을 수 없다. 토니 버나드는 존재하지 않는다. 그래도 괜찮다. 인생은 하나의 과정이며 어느 길로든 가게 될 것이다.

'나는 누구인가?'라는 영원한 질문에 대해 생각하는 것은 '무아'를 경험하는 데에도 도움이 될 수 있다. 비록 대답은 모두 다를지라도 그 질문은 서양 철학자들과 동양 신비주의자들 모두가 사용한 도구이다. 예를 들어 《단 하나의 춤만이 그곳에*The Only Dance There Is*》에서 영적 교사 람 다스(하버드 대학의 교수였다가 인도 여행 후 요가 수행자가 된 리처드 앨퍼트)는 이 질문에 대한 동서양의 접근법 차이를 설명한다. 그는 데카르트의 "나는 생각한다. 고로 나는 존재한다."를 좀 더 무아의 느낌이 나는 말과 비교한다. "나는 생각한다. 그러나 나는 내 생각이 아니다."

1967년 인도에 머무는 동안 리처드 앨퍼트는 힌두교의 현자 님 카롤리 바바의 제자가 되었고, 님 카롤리 바바는 그에게 '람 다스'라는 이름을 주었다. 님 카롤리 바바는 공식적인 설법을 하지 않았다. 대신 이야기를 들려주거나 때로는 제자를 돌려보내기 전에 몇 마디 말을 할 뿐이었다. 몇 년 전 나는 람 다스의 인터뷰를 읽은 적이 있다. 미국으로 귀국할 준비를 하고 있을 때 그는 어떤 가르침을 가지고 돌아가야 할지를 님 카롤리 바바에게 물었다고 한다. 그 현자는 나날의 활동을 계속하는 동안 '나는 누구인가?'라는 질문만 계속하라고 말했다고 한다. 선불교 스승들 역시 제자들로 하여금 참구할 수 있도록 이 질문을 화두로 이용한다.

그리하여 나는 누구인가?

나는 내 몸인가?

그렇지 않다. 내가 내 몸이라면 아프지 말라는 명령에 따를 것이다.

나는 내 마음인가?

그렇지 않다. 내가 내 마음이라면 걱정하지 말라는 명령에 따를 것이다.

나는 누구인가?

5장 도입부에 있는 짧은 인용문에서 조애나 메이시(미국의 생태철학자이자 불교학자)는 이 질문에 대해 "나는 물질과 에너지와 정보의 흐름이다."라고 대답한다. 이것이 당신에게 답이 될 수는 없겠지만 이 질문을 마음속에 기억하면 '확고하고 영구적인 자신'이라는 감각을 깨는 데 도움이 된다. 이 감각은 '나는 아픈 사람이야.' 혹은 '나는 아픈 사람을 돌봐 주는 사람이야.'처럼 고정적이고 제한적인 정체성을 낳는다. 이 고정된 정체성을 벗어던지면 새로운 눈으로 세상을 볼 가능성이 열린다. '나는 누구인가?'에 대한 해답은 나에게 여전히 신비로 남아 있다. 그리고 나는 이 상태에 만족한다. 신비는 강력하고 매우 흥미롭다. 그리고 이는 우리를 무척 자유롭게 만들기도 한다.

하늘 바라보기 명상

'무아'를 경험하는 것을 돕기 위해 나는 '하늘 바라보기'라고 부르는 명상을 이용한다. 이것은 티베트 불교의 족첸(궁극적

경지를 뜻함. 시각화를 통해 대상과 합일하는 수행) 전통으로부터 나온 것이다. 나는 우리 집 뒤뜰에 누워 하늘을 올려다보며 시선을 편안하게 둔다. 얼마 후 이 경험은 드넓은 열림이 된다. 몸이나 마음에서 '개별적인 자아'라는 관념은 모두 사라진다. 지나가는 산들바람의 감각이나 소리 혹은 일어나는 생각이 있더라도 그것은 모두 흘러가는 에너지일 뿐이다. 이 드넓은 느낌이 몇 초간만 지속된다 할지라도 그 몇 초 동안 토니 버나드는 존재하지 않는다.

언제나 그렇듯이 결국 토니 버나드라는 환영이 확고하고 개별적인 독립체로서 다시 나타날 때에도, 그것이 없는 그 몇 초는 커다란 해방감을 준다. 그리하여 평온함이 잠시 동안 나와 함께 머문다. 그러나 이 평온함은 서서히 사라지고 나의 정체성들이 빠르게 늘어나기 시작한다. 전직 법대 학생처장이자 교수, 한 사람의 아내, 아이들의 엄마, 개 키우는 사람 그리고 환자. 그러나 나는 언제나 하늘을 다시 볼 수 있다.

침대에 누워 있는 동안에는 하늘 바라보기를 변형한 방법을 이용한다. 특히 만성병 증상 때문에 잠들 수 없는 밤에 이 방법을 쓴다. 눈을 감고 눈동자를 머리 위쪽으로 올림으로써 불쾌한 육체적 감각을 자각하던 초점을 의식적으로 돌린다. 이것은 하늘 바라보기와 동등한 의식 변화를 내가 만들어 냈다는 신호이다. 이내 '환자'와의 동일시가 사라지기 시작한다. 내 몸은 에너지로 가득한 활력 있는 물질이 되는 것을 경험한다. 내 마음은 정보가 흘러들어 오고 나가는 통로가 되는 것을 경험한다.

불교에 이런 유명한 말이 있다.

"내가 없으면 문제도 없다."

그리고 모든 것은 현재 상태 그대로도 아무 문제가 없다. 질병까지도.

자신이 통제할 수 없는 것을 원하는 것은
더 많은 고통을 가져올 뿐이다. 나는 대부분의
고통이 병으로 인한 몸의 불편함으로부터 오는 것이
아니라 그것에 반응하는 마음으로부터 오는
것임을 깨닫게 되었다. 그리하여 내 몸의 증상을
악화시키고 있던 고통스럽고 부정적인 마음
상태로부터 자유로워졌다. 평정심을 가지고
산다면 우리는 인생의 고난에 평화로운 마음으로
직면할 수 있다. 평정심의 본질은 어떤 것이나
어떤 사람을 탓하지 않으면서 자신에게 다가오는
삶을 그대로 받아들이는 것이다. 비록 아프긴
해도 이 몸이 깨달음의 도구가 되기를!
이런 마음을 가지면 몸이 아픈 사실에 대해
나 자신을 용서하게 된다. 내가 아픈 것은
내 몸의 잘못이 아니다. 내 몸은 내 삶을 돕기 위해
자신이 할 수 있는 최선을 다하고 있다.

3

아픈 나를 받아들이기

6
다른 사람의 기쁨과 연결되기

불완전한 존재를 통해 완전한 존재를 찾아야 한다.
스즈키 순류

*

입을 통해 세대에서 세대로 영적 가르침을 전수하는 여러 구전 형태의 전통과 마찬가지로 붓다의 가르침 역시 대개 구전되어 목록으로 전해졌다. 불교를 공부해 본 적이 없는 많은 사람들도 들어 보았을 네 가지 고귀한 진리와 여덟 가지 바른길처럼. 목록은 그 가르침을 좀 더 기억하기 쉽게 만들기 때문에 효과적이다. 그럼에도 불교도들은 믿을 수 없을 만큼 많은 목록뿐 아니라 다양한 목록에 나타난 관념의 개수를 두고 농담하기를 좋아한다. 그 가르침 속으로 들어가기 위해 어떤 목록을 사용하든 관계없이 머지않아 우리는 붓다의 핵심 가르침에 이를 것이다. 그 핵심 가르침이란 우리 삶에 고통이 존재한다는 사실이며, 또한 깨달음과 해탈과 자유를 통해 그 고통을 끝내도록 인도할 수 있는 수행법들이다.

내가 가장 고마워하는 목록은 네 가지 '브라흐마 위하라'이다. 종종 네 가지 '거룩한 상태'로 번역된다. 나는 '거룩한'이라는 단어의 사전적 의미를 좋아한다. '경외감을 불러일으킬 정도로 아름다워서 천국처럼 보이는'이라는 뜻이다. 간단히 말해 이 정신적 상태를 키우면 우리는 지혜로워질 것이다. 왜냐하면 이것들은 깨달음을 얻은 마음이나 깨어난 마음이 머무는 장소이기 때문이다. 실제로도 팔리 어 '위하라'는 '사는 곳'을 의미한다.

네 가지 거룩한 상태는 다음과 같다.

메타―자애. 다른 사람과 자신이 잘되기를 기원하는 것

카루나―자비. 자신을 포함한 고통받는 이들에게 손을 내미는 것

무디타―공감의 기쁨. 다른 사람의 기쁨에 함께 기뻐하는 것

우페카―평정심. 모든 상황에서 평화로운 마음

님 카롤리 바바는 종종 자신의 제자들에게 이렇게 말했다.

"마음에서 아무도 내쫓지 마라."

물론 '아무도'에는 우리 자신도 포함된다. 이 강력한 문장은 네 가지 거룩한 상태를 모두 아우르며, 나는 다만 님 카롤리 바바의 말을 조금 더 부드럽게 표현하려고 한다. 선 지도자 로버트 아이트켄(1917~2010, 제2차 세계대전 중 일본군의 포로가 되었다가 포로수용소에서 스승을 만나 불교에 입문함)이 불교 윤리 규범에 해당하는 계율을 선언할 때와 같은 의도로. 로버트 아이트켄은 이렇게 말함으로써 자신의 선언을 시작

한다.

"나는 이러이러한 수행을 하겠다고 약속한다."

나는 이 표현을 좋아한다. 왜냐하면 '무엇을 하지 않겠다'라거나 '언제나'라는 말은 우리를 실패로 이끌기 때문이다. 내가 네 가지 거룩한 상태를 언제나 만들 수는 없겠지만 그것들을 강화하는 수행을 시작하겠다고 맹세한다. 내 마음속으로부터 아무도 내쫓지 않는 수행을.

이 네 가지 거룩한 상태 중 먼저 공감의 기쁨을 살펴본 다음에 나머지 세 가지 상태에 대해 알아보자. '다른 사람의 기쁨에 함께 기뻐하는 마음'을 키우는 것은 내가 더 이상 이끌어 갈 수 없는 삶을 받아들이는 데 있어 중요한 요소였다. 이것이 없었다면 나는 질투심에 사로잡혀 있었을 것이다. 만성병 환자들은 활동이 너무도 제한적이기 때문에 평범하게 자신의 삶을 사는 모든 사람에게 질투심을 느끼지 않을 수 없다. 어떤 환자들은 집에만 붙어 있어야 한다. 가족이나 친구들이 영화를 보거나 자전거를 타거나 결혼식과 같은 다른 특별 행사에 참석하거나 휴가를 가거나 심지어 우유를 사려고 가게로 달려갈 때에도 그들과 함께할 수 없다. 집 밖으로 다닐 수 있는 환자일지라도 자신의 상태를 조심스럽게 조절해야 하기 때문에 가족이나 친구를 방문하거나 그들과 외식하러 나가는 일에 언제든 선뜻 나설 수는 없다. 이러한 제한은 환자를 보살피는 사람들에게도 적용된다. 종종 그들은 이러한 소중한 활동들을 그만두어야 한다. 사랑하는 사람을 돌봐야 하거나 이 활동들을 혼자 하는 것이 즐겁지 않기 때문이다. 토니는 자신과 경험을 공유하고 그 경험에 대해 함께 이야기를 나눌 수 있는 내가 없는 상태에서는 결혼식 참석과 같은 일들을 즐기기 어렵다는 사실을 알게 되었다.

그러므로 만성병 환자들과 그들을 보살피는 사람들의 삶 속에는 질투심이 생기기 쉽다. 그 질투심은 너무도 극심해서 마치 우리를 산 채로 잡아먹는 듯하다. 때로는 나에게도 그렇게 느껴졌다. 질투심은 마음속에서 평화와 고요함을 맛볼 가능성을 몰아내는 독이다. 아울러 질투심이 가져오는 감정적 스트레스는 몸의 증상을 악화시킨다. 실제로도 이것은 놀라운 사실이 아니다. 왜냐하면 불교에서는 감정을 '생각과 그 생각에 더해진 육체적 반응'으로 정의하기 때문이다.

감사하게도 공감은 질투심이라는 독에 대한 강력한 해독제이다. 병에 걸린 뒤 이 거룩한 상태를 쉽게 만들 수 있기까지 내게는 오랜 시간이 걸렸다. 처음에는 순전히 의지에 따라 공감하기를 연습했다. 지인들이 토니와 내가 자주 가던 멘도시노(캘리포니아 주 북쪽 해안 지대) 해변에 갈 것이라는 사실을 알게 되면 질투심은 추악한 모습을 드러냈다. 나는 공감 수행을 기억해 내고 조용히 이렇게 말하며 그들에 대해 기쁨을 느끼려고 노력했다.

"그 사람들이 바다를 보게 되었으니 참 잘된 일이야."

하지만 사실은 입술을 깨물며 이 말을 하고 있었다. 그것은 가짜 공감처럼 느껴졌다. 그런데 수행을 계속하다 보니 가짜 공감은 서서히 서서히 진짜 공감이 되기 시작했다.

이것이 중요한 점이다. 인위적으로 혹은 가짜처럼 느껴지더라도 수행을 계속하면 그 수행이 우리의 가슴, 우리의 마음, 우리의 몸속으로 들어오게 된다. 이것은 우리의 조건화된 반응을 고통스러운 것—이 경우 질투심—에서 유익한 것—이 경우 기쁨—으로 변화시키기 시작한다. 공감이 가짜처럼 느껴질 때도 나는 수행을 계속했다. 왜냐하면 네 가지 거룩한 상태 중 다른 하나인 자애를 처음 배웠을 때, 그 순간 내 느낌을 진정으로 표현하는 것이 아닐지라도 자애의 마음을 우리 자신과 다른 사람에게 계속 보내라는 말을 들었기 때문이다. 내가 배운 바로는 어쨌든 그 수행이 효과가 있을 것이라고 했다. 그래서 나는 '다른 사람의 기쁨에 대한 가짜 기쁨'을 계속해서 키웠다. 그 느낌이 진짜가 되기를 희망하면서. 그랬더니 마침내 그것은 진짜가 되었다.

이제는 사람들이 결혼식에 참석하거나 여행을 가거나 가족을 만나러 간다는 얘기를 들으면 내 마음은 자연적으로 그들에 대해 기쁨을 느끼도록 움직인다. 물론 때로는 '재발'하여 질투심이 다시 한 번 고통스럽게 일어나기도 한다. 그러나 진짜처럼 느껴지지 않을 때에도 다른 사람의 기쁨에 함께 기뻐하는 연습을 계속했기에 질투심의 고통과 질투심 자체마저도 곧 가라앉는다. 이것은 내 마음으로부터 엄청난 짐을 덜어 주었다. 자신이 만들어 낸 고통의 근원 중에서 질투심에 견줄 만한 마음 상태는 별로 없기 때문이다.

집에 몸이 묶이고 활동하는 데 심한 제약을 받게 된 후 공감에 집중한 처음의 이유는 질투심으로 인한 고통을 줄이려는 의도에서였다. 그러나 놀랍게도 이 수행을 몇 달간 한 뒤에 그 효과는 완전히 바뀌었다. 내가 느끼는 기쁨은 더 이상 다른 사람의 기쁨과 연결됨으로써 얻어지는 기쁨만이 아니었다. 그것은 나 자신이 귀중한 활동에 참여하고 있는 듯한 내적인 기쁨이었다. 이제는 토니가 아이들이나 손녀들을 만나기 위해 집을 나설 때면 나는 그 아이들과 함께 있는 토니의 기쁨에 함께 기뻐할 뿐 아니라, 우리 둘을 대신해서 토니가 그곳에 있다고 느끼게 된다. 그러므로 나 역시 기쁨으로 넘치게 된다.

그렇지만 이 상태가 쉽게 찾아온 것은 아니었다. 처음에는 토니와 손녀딸 멀리아가 로스앤젤레스로 가서 과학박물관, 샌타모니카 피어(로스앤젤레스 해변의 휴양지), 라브레아 타르 웅덩이(신생대 화석 매장지)에서 모험을 즐기다가 휴대전화로 전화를 걸어 오면 질투심이 마음속에서 솟아나 웅덩이의 타르처럼 나를 뒤덮었다. 내가 그곳에 없다는 사실이 너무도 원망스러웠다. 멀리아에게 내 고향 구석구석을 구경시키며 적극적인 할머니가 되어 주려던 꿈을 이룰 수 없는 것이 원망스러웠다. 그러나 이 병에 걸린 동안 자주 그러했듯 붓다의 가르침이 나를 구했다. 역시나 처음에는 토니가 그런 장소에서 전화를 걸었을 때, 주위에서 멀리아가 떠들거나 킥킥거리는 소리를 들으면 공감을 연습하는 데 의지가 필요했다. 나는 의식적으로 질투심을 공감으로 대체해야만 했다. 그러나 이제는 실제로 그런 전화를 고대한다. 멀리아와 토니가 가까운 사이이기에 두 사람으로부터 발산되는 기쁨의 소리를 듣게 되고, 그것은 진정으로 순수하고 깊은 기쁨을 가져다준다.

다른 사람의 기쁨을 함께 느끼는 일은 끊임없는 도전이다. 새로운 관심사를 발견하더라도 내가 그것을 누리지 못할 가능성이 높다. 예를 들어 침대에 누워 있는 동안 나는 오페라 애호가가 되었지만, 내 미래 계획에 뉴욕의 메트로폴리탄 오페라 하우스는 없다. 겨우 30분 거리임에도 불구하고 새크라멘토 오페라 공연에조차 갈 수 없다. 공감 수행이 없었다면 나는 질투심에 꼼짝없이 압도당했을 것이다. 하지만 이제는 오페라 공연을 직접 관람할 수 있는 사람들에 대해 행복을 느낀다. 그리고 그들에 대해 느끼는 기쁨은 오페라 공연 시디를 듣거나 디브이디를 볼 때 내가 느끼는 기쁨을 커지게 한다.

붓다는 공감 능력을 키우라는 말을 함으로써 우리에게 큰 선물을 주었다. 6장 도입부에 있는 스즈키 순류(일본의 선승. 미국에 명상 센터를 세움. 《선심초심禪心初心》의 저자) 선사의 말을 바꿔 보자면, 공감은 나로 하여금 완전한 존재를 발견하게 해 주었다. 비록 내 육신의 건강은 완전함과 거리가 멀지라도.

7
몸은 깨달음의 도구

부드러운 산들바람과 고요한 바다가
먼 길 떠난 사랑하는 이들과 친구들을 보호하기를
모차르트의 오페라 〈코시 판 투테〉 중 '천사의 속삭임'

*

자애는 자신과 다른 사람의 행복을 비는 마음가짐이며 자애 수행은 기도문을 하나 정해서 그것을 거듭 암송하는 것이다. 이 기도문은 자기 자신이나 다른 사람 전체, 혹은 특정한 사람들을 대상으로 할 수 있다.

1990년대 초반, 자애 수행을 하기 위해 내가 정한 기도문은 다음과 같다.

"내가 평화롭기를
내가 편안한 행복을 얻기를
내가 고통의 끝에 이르기를

그리고 자유로워지기를."

이 네 구절에 마법 같은 것은 없다. 그 리듬과 의미가 나에게 잘 맞았을 뿐이다. '편안한 행복'은 자애 수행의 대가인 샤론 살즈버그의 저서 《붓다의 러브레터Lovingkindness》에서 처음 본 표현인데, 이 책은 자애를 비롯한 다른 거룩한 마음 상태를 잘 설명하고 있다. 나는 '편안한 행복'이라는 이 구절을 좋아한다. 일상생활에서 매 순간 경험하는 자애를 설명하고 있기 때문이다. 그것은 마치 이렇게 말하는 것과 같다.

"샤워를 할 때 내가 편안한 행복을 얻기를…… 이 밥을 먹을 때 내가 편안한 행복을 얻기를…… 낮잠을 자려고 누울 때 내가 편안한 행복을 얻기를…… 아픔과 피로와 고통을 느끼는 동안에도 내가 편안한 행복을 얻기를."

몇 가지 기도문들을 스스로 시도해 본 뒤에 한 가지 종류를 결정하는 것이 가장 좋다. 주제가 행복을 기원하는 것이기만 하다면 선택한 기도문의 구체적인 내용은 상관없다. 이 기도문들을 반복하면서 그것에 귀 기울이고 그 의미에 대해 명상하면 시간이 흐를수록 몸과 마음과 가슴이 부드러워지고 위안을 받는다. 실제로 이제는 "내가 평화롭기를"만 조용히 되뇌어도 그것이 내 몸과 마음을 편안하게 풀어 준다. 내 몸과 마음은 그다음 말이 무엇인지 알고 있는 것이다! 때로는 주어 '내가'를 전부 빼 버리고 다만 침대에 누워 이렇게 반복하기도 한다.

"평화, 편안한 행복, 고통의 끝, 자유."

'고통의 끝'은 첫 번째 고귀한 진리에서 들었기에 이미 익숙할 것이다. 앞에서 말했듯이 붓다는 두카와 두카의 종말 두 가지를 가르쳤다. 건강이 나아지지 않을 때 나는 침대에 누워 나 자신을 대상으로 자애를 연습했다. 그러던 어느 날 '내가 고통의 끝에 이르기를' 부분에 가서 깨닫게 되었다. 아픔을 그만 느끼기를, 다시 말해 몸의 불편함이 '사라지기'를, 그리고 이제 '그만 아프기'를 내가 바라고 있다는 사실을. 자신이 통제할 수 없는 것을 원하는 것은 당연히 더 많은 고통을 가져올 뿐이다. 그때 나는 대부분의 고통이 병으로 인한 몸의 불편함으로부터 오는 것이 아니라 이렇게 생각하며 반응하는 마음으로부터 오는 것임을 깨닫게 되었다.

'아프지 않았으면 좋겠어.'

'이런 불편한 몸이 너무 싫어.'

'다시는 직장으로 돌아가지 못하면 어떡하지?'

이러한 깨달음을 통해 내 생각에 변화가 일어났고, 이제 내가 바라는 마음의 고통의 끝은 '마음속 고통'의 끝이 되었다. 사실 내가 선택한 네 구절의 맨 앞부분 모두에 '마음속에서'를 집어넣을 수 있다. 그것을 나 자신에 대해 말하든 다른 사람에 대해 말하든 관계없다. 이처럼 마음에 초점을 맞추는 것은 붓다가 말한 '두카의 종말'의 의미와 일치한다.

기본적인 자애 수행을 위해 앞에서 말한 기도문을 정했지만 나는 때로는 다른 말들도 이용한다. 예를 들어 보겠다. 2001년 7월 명상 프로그램에 참가했을 때 나는 아픈 몸을 이끌고 카말라 마스터스의 강의를 들으러 갔다. 비록 내 몸은 아팠지만 고요함, 평온함, 그리고 그녀에게서 느껴지는 '지금 여기에 존재함'이 좋았기 때문이다. 그날 저녁 그녀는 우리에게 이러한 자애 기도문을 알려 주며 명상 강의를 마쳤다.

"아플 때나 건강할 때나 당신의 몸이 깨달음의 도구가 되기를."

이 말은 내 귀에 확 들어왔다! 내가 정한 기도문 중 어느 하나와 이것을 바꾸지는 않았지만 나는 침대에 누워 있는 동안 지금도 때때로 마음속으로 이렇게 되뇐다.

'비록 아프긴 해도 이 몸이 깨달음의 도구가 되기를.'

자애 기도문을 이용하는 것은 강력한 용서 연습도 될 수 있다. 나는 나 자신에게 이렇게 반복해서 말한다.

"착한 내 몸아, 평화로워지렴. 나를 돕기 위해 이토록 열심히 일하고 있으니."

이런 마음으로 한 가지 기도문을 반복하다 보면 몸이 아픈 사실에 대해 나 자신을 용서하게 된다. 내가 아픈 것은 내 몸의 잘못이 아니다. 내 몸은 내 삶을 돕기 위해 자신이 할 수 있는 최선을 다하고 있다.

전통적으로 자애 기도문은 다양한 집단의 사람들을 대상으로 한다. 먼저 자기 자신으로부터 시작한 뒤, 자애의 감정을 불러일으키기가 가장 쉬운 사람부터 가장 어려운 사람까지 대상을 계속 옮겨 간다.

먼저 자기 자신을 향해 그 기도문을 말한다. 이것은 그 수행을 하기 위한 마음을 열어 준다. 자신에 대해 친밀감을 느끼지 않는다면 다른 사람에게 자애심을 키우기가 어렵다. 얼마 후에는 그 기도문을 무척 고마운 사람, 자신에게 매우 너그러웠던 사람에게로 향한다. 그런 다음 좋고 나쁜 감정을 번갈아 느끼는 대상에게, 예를 들어 좋은 친구나 사랑하는 사람에게로 옮겨 간다. 그 후 우편배달부나 슈퍼마켓 점원처럼 특별한 감정이 없는 대상에게로 이동한다. 마지막으로 그 이름만으로도 분노나 비난, 고통의 근원인 마음 상태를 만들어 내는 사람을 대상으로 한다.

자애 수행의 목적은 이런 식으로 자애의 마음가짐을 키워서 그것이 노력하지 않고도 저절로 일어나는 마음 상태가 되도록 하는 데 있다. 그렇게 되면 모든 살아 있는 존재를 다정하고 친절하게 맞이하는 것이 점차 자연스러워진다는 사실을 발견하게 될 것이다. 이 수행의 가장 강력한 측면 중 하나는 자신에게 고통을 일으키는 사람을 자애의 대상으로 삼는 것이다. 그 사람은 가족 구성원이거나 당신의 병을 심각하게 여기지 않는 의사이거나 당신이 지지하지 않는 유명인일 수도 있다. 눈엣가시 같은 사람이 평화로워지고 고통에서 벗어나기를 기원하는 것은 매우 어려운 일이다. 하지만 이것은 자애 수행을 깨달음으로 가는 수행으로 변화시킨다.

2008년 대통령 선거 기간 중 세라 페일린(버락 오바마의 경쟁자였던 존 매케인이 지명한 부통령 후보. 다섯 아이의 엄마로, 값비싼 명품 의상 등으로 선거 기간 중 구설수에 올랐다)은 내 신경을 거슬리게 하는 사람도 자애의 대상이 될 수 있음을 보여 준 좋은 예가 되었다. 어떤 독자들은 이 책에서 그녀의 이름을 보는 것만으로도 몸서리를 치며 반응할지도 모른다. 만약 그렇지 않다면 토니가 자주 쓰는 표현처럼 자신을 '열받게 하는' 다른 사람을 고르면 된다. 일생 동안 정치 참여에 적극적이었던 나는 2008년 대통령 선거도 침대에서 관심 있게 지켜보았다. 나는 세라 페일린의 정치적 입장이 마음에 들지 않았다. 부통령 후보로 지명되었

을 때 보여 준 겸손하지 못한 태도가 싫었으며 야당 사람들을 인신공
격하는 모습도 좋아하지 않았다. 그러나 나는 곧 깨닫게 되었다. 그녀
를 향한 분노가 근원이 되어서 이미 아픈 내 몸이 육체적으로 스트레
스를 느끼고 있음을. 그래서 나는 과거에 심하게 혐오감을 느꼈던 사
람에 대해 여러 번 시도해 보았던 방법을 썼다. 내가 만든 자애 기도문
을 곧바로 이용한 것이다.

먼저 "난 그 여자의 이런 점이 마음에 안 들어." 혹은 "난 그 여자의
저런 점이 싫어."와 같은 그녀에 대한 나의 반응이 내 고통의 커다란
근원임을 깨닫고서 자애의 대상을 다음과 같이 나 자신으로 만들기
시작했다.

"세라 페일린을 향한 나의 혐오감이 불러일으키는 고통으로부터 내
가 자유로워지기를."

그러고 나서 그녀에게로 옮겨 갔다.

"세라 페일린, 당신이 평화롭기를. 편안한 행복을 얻기를. 고통의 끝
에 이르기를. 그리고 자유로워지기를."

인생에서 대하기 어려운 상대들을 향해 자애 수행을 할 때면 언제
나 그렇듯이, 공감의 기쁨에서와 마찬가지로 처음에는 이 기도문이 인
위적이고 가짜인 것처럼 느껴졌다. 그러다가 나는 그 기도가 이렇게 바
뀌었음을 깨닫게 되었다.

"세라 페일린, 당신이 평화롭기를. 편안한 행복을 얻기를. 고통의 끝
에 이르기를. 그리고 '당신의 방법이 잘못되었음을 깨닫고 완전히 다른
인간이 됨으로써' 자유로워지기를."

물론 이것은 붓다가 자애 수행을 통해 의도했던 내용과 정확히 일치하지는 않는다. 그러나 나는 자신을 훈련시키면서 계속 그렇게 했다. 이윽고 그 기도문은 진정성을 띠게 되었다. 그뿐만 아니라 나는 우리 두 사람이 공유하는 특성들을 발견하기 시작했다. 그녀는 자신의 아이들을 사랑한다. 아이들이 잘되기를 희망하고 행복하기를 바란다. 내가 나의 정치적 관점을 굳건히 유지하듯 그녀도 그렇게 한다. 그것이 우리가 공유하는 고통의 근원인 것이다! 이윽고 나는 내 몸과 마음과 가슴에서 독이 빠져나간 것처럼 느껴졌다. 자애 수행이 해독제가 된 것이다. 세라 페일린은 내 표를 얻지는 못했지만 더 이상 내 분노도 받지 않았다. 그리고 나는 내 몸의 증상을 악화시키고 있던 고통스럽고 부정적인 마음 상태로부터 자유로워졌다.

아픈 몸과 문제 있는 마음, 굳어진 가슴을 자애 수행보다 더 잘 달래는 것은 없다. 당신이 애정과 자애로 삶의 모든 경험을 받아들이게 되기를.

8
자신을 향한 자비심 키우기

가슴속에 얼마나 많은 고통이 존재하는지 마침내 깨닫게 되면
겁먹은 아이를 향해 몸을 돌리는 어머니처럼 마음도 돌아선다.
스티븐 러바인 《살아갈 일 년》

*

자비는 자기 자신과 타인의 고통을 줄이기 위해 도움의 손길을 내
미는 것이다. 이를 위해 우리는 먼저 모든 삶 속에 존재하는 고통에 마
음을 열어야 한다. 그러면 고통을 줄이는 데 도움이 될 자비로운 행동
으로 옮겨 갈 수 있다. 이제 우리는 자기 자신에 대해 자비심을 갖는
방법을 알아볼 것이다. 대부분의 경우 이것은 타인을 향한 자비심보다
훨씬 어렵다.

네 가지 거룩한 상태는 서로 분리되어 있지 않다. 역경을 헤쳐 나가
는 데 도움을 얻기 위해 이 네 가지 중 어느 한 가지에만 의지할 필요
는 없다. 토니와 손녀딸 멀리아가 로스앤젤레스를 돌아다니다가 나에

게 전화를 걸어오면 내가 어떻게 공감을 실천했는지, 즉 그들의 기쁨에 어떻게 함께 기뻐했는지 기억하는가. 하지만 때로는 평소보다 유달리 아프거나 기분이 우울한 날 그런 전화가 오기도 한다. 그들이 지금 무엇을 하고 있는지 얘기할 때면 공감 수행 덕분에 적어도 질투심은 느껴지지 않는다. 하지만 '그들의 기쁨에 함께 기뻐하기'는 무척 어렵다.

이런 일이 생기면 나는 자비 수행으로 전환해서, 그들과 동참할 수 없기에 내가 겪는 고통에 대해 자비심을 키운다. 자애 수행을 할 때처럼 정해진 '자비심 기도문'이 없기 때문에 마음속에 떠오르는 무슨 말이든 이용해서 나 자신을 위로한다. 때로는 이렇게 말하기도 한다.

"그들과 그토록 즐거운 시간을 함께 보내고 싶어 함에도 불구하고 집에 있어야만 하는 건 무척 힘든 일이지."

그들과 함께 있고 싶다는 갈망으로부터 생겨나는 고통에 마음을 여는 것, 그리고 나 자신을 향해 자비심을 키우기 위해 구체적인 말들을 찾는 것은 언제나 그 고통을 줄여 준다.

만성병 환자가 되기 전부터 나에게 도움을 준 두 명의 스승이 있다. 그들은 내 마음을 '다시 길들여' 자비심이 나 자신의 고통에 대한 자연스러운 반응이 되도록 하였다. 첫 번째 스승은 틱낫한이다. 《틱낫한 스님의 금강경Commentaries on the Diamond Sutra》에서 그는 우리의 몸이 자신의 고통에 얼마나 자연스럽게, 별다른 생각 없이 반응하는지 설명하고 있다.

"왼손을 다치면 그 즉시 오른손이 왼손을 보살핍니다. 오른손은 '내가 너를 보살피고 있어. 넌 내 자비로운 행동의 덕을 보고 있어.'라고 말하기 위해 멈추지 않습니다."

실제로 내가 넘어져서 발목이 부러졌을 때 거기에 대한 어떤 생각이 마음속에 떠오르기 전에 이미 내 양손은 그 고통을 보살피기 위해 손을 내민 상태였다. 손이 하는 것처럼, 우리는 수행을 통해 자신의 고통과 아픔에 자비로운 마음으로 반응하도록 마음을 길들일 수 있다. 자비심을 키울 때 나는 이따금씩 고통이나 괴로움, 스트레스의 근원을 직접 지칭하는 말들을 찾는다. 물론 그 근원은 두 번째 고귀한 진리가 가리키는 것, 즉 지금 상태 이외의 다른 것을 원하는 욕망이다. 나는 조용히 이렇게 말하기도 한다.

"아프지 않기를 간절히 바라는 건 정말로 힘든 일이구나."

또 다른 때에는 단순히 내 마음이 고통을 향해 열리도록 하는 말을 찾는다. 예를 들면 이런 말이다.

"불쌍한 내 몸. 내 기분을 좋게 하려고 이토록 열심히 일하는구나."

무슨 말을 선택하든 나는 종종 한 손으로 다른 쪽 팔을 쓰다듬는다. 이 행동은 나로 하여금 여러 차례 눈물을 흘리게 했다. 하지만 자비의 눈물은 치유의 눈물이다.

자신에 대해 자비심을 키우는 법을 배울 때 도움을 준 두 번째 스승은 메리 오어이다. 1990년대 후반 '영혼의 바위' 명상 프로그램에서 그녀는 삶에 접근하는 나의 방식을 송두리째 바꿔 놓을 이야기를 한 가지 들려주었다. 그녀는 할 일은 너무 많지만 그것을 할 시간은 너무 적은 어느 힘겨운 날에 대해 이야기했다. 이 상황은 어디서 많이 본 듯하지 않은가? 어느 순간 그녀는 차 안에서 자신이 다른 사람에게는 절대로 말하지 않는 방식으로 스스로에게 말하고 있다는 사실을 알아차렸다. 그녀가 한 말을 정확히 기억하지는 못하지만 그 말들은 즉시 내 마음속에 울려 퍼졌다. 내가 나 자신에게 말하는 방식과 비슷했기 때문이다.

"난 왜 멍청하게 이 길로 온 거지? 늘 막히는 길이잖아."

"이 병신아, 노트를 안 가져왔잖아."

"이 어리바리한 바보야, 또 음료수를 떨어뜨렸잖아."

내가 남편 토니를 단 한 번이라도 '병신'이나 '멍청이'나 '바보'라고 부른 적이 있을까? 절대 없다! 나아가 내가 관심을 기울이는 다른 사람에게 혹은 낯선 이에게조차 누군가 이런 식으로 말하는 것을 듣는다면 나는 적어도 그것을 말리고픈 충동은 느낄 것이다. 메리 오어의 이야기는 나로 하여금 새로운 눈을 뜨게 하였다. 그 이후로는 이런 말을 쓰고 있는 나 자신을 발견하면 잠시 멈춘 뒤 어째서 다른 사람에게는 절대로 그런 식으로 말하지 않는지 깊이 생각했다. 그로부터 몇 달 뒤 나는 나 자신의 힘겨운 상황을 자비롭게 대하도록 마음을 새로이 길들일 수 있었다.

그 후 나는 병에 걸렸고 그 길들임은 흐트러지기 시작했다.

나는 초기 바이러스 감염에서 회복되지 못하는 자신을 비난했다. 마치 건강을 되찾지 못하는 것이 나의 탓이거나, 어딘가 의지가 부족해서이거나, 성격에 결함이 있어서 그런 것처럼 생각했다. 이것은 사람들이 자신의 병에 대해 일반적으로 보이는 반응이다. 우리 문화가 만성병을 다룰 때, 고통받는 사람의 개인적인 실패 중 한 종류로 대하는 경향을 고려하면 놀라운 일이 아니다. 이런 편견은 드러나지 않거나 무의식적이지만 그럼에도 불구하고 감지할 수 있다. 나는 토니뿐 아니라 '영혼의 바위' 명상 교사인 실비아 부어스타인의 도움까지 받았다. 그들은 이 병은 그저 병일 뿐이며 나 개인의 실패가 아님을 계속 상기시켰다. 하지만 내가 마침내 나 자신에게 자비로운 마음으로 손을 내밀기까지는 극심한 육체적·정신적 고통의 순간이 필요했다.

그 일은 추수감사절에 일어났다. 당시 나는 일 년 반 동안 아픈 상태였지만 가족 행사에 참석하는 여행을 더 이상 할 수 없다는 사실을 여전히 받아들이려 하지 않았다. 그래서 에스콘디도(캘리포니아 주 샌디에이고 카운티에 위치한 도시)로 가겠다고 했다. 그곳은 우리의 사돈인 밥과 재클린 부부가 몇 년째 추수감사절 때마다 우리를 초대한 곳이었다. 나는 아픈 몸 상태를 고려해서 여행을 계획했다. 토니는 데이비스에서부터 차를 가지고 사돈집으로 가기로 했고, 나는 차를 얻어 타고 새크라멘토 공항까지 간 뒤 그곳에서 비행기를 타기로 했다. 그러면 여행 시간이 단축될 것이었다. 그리고 나는 이틀 동안만 머물기로 했다.

토니가 샌디에이고 공항에 도착한 나를 태워서 에스콘디도까지 45분 거리를 달리기 시작하는 순간 나는 이 여행이 실수였음을 깨달았다. 우리는 호텔에 짐을 푼 뒤 사돈집으로 차를 몰았다. 그 집에 도착하고 10분이 지나자 몸이 너무 아파서 방이 빙빙 돌기 시작했고 사람들에게 도무지 집중할 수가 없었다. 나는 안사돈 재클린에게 좀 누워야겠다고 말했다. 밤에 호텔에서 잔 것을 제외하고는 그날과 다음 날을 사돈집 침대에서만 보냈다. 나 자신에 대해서는 아무런 자비심도 느껴지지 않았다. 아프다는 사실이 수치스러웠고, 마음속에 떠오르는 어떤 일로든 스스로를 비난했다. 먼저 이 여행을 시작한 것, 물론 사돈은 기꺼이 내주었지만 사돈집 침대를 차지한 것, 가족과 친구들과 시간을 보내지 못하게 된 것, 토니의 추수감사절을 망친 것 등이었다. 이 목록은 길었다. 잭 콘필드가 즐겨 말하듯 '마음은 스스로 부끄러운 줄을 모르기' 때문이다.

금요일에 토니는 나를 샌디에이고 공항까지 태워 주었다. 비행기는 출발하는 데 두 시간이나 지연되었다. 나는 있는 힘을 다해 탑승구 주변 의자에 몸을 기대고 앉았다. 새크라멘토 공항에 도착한 뒤에는 '데이비스 에어포터'라는 소형 승합차가 나를 집까지 태워 갈 수 있도록 미리 예약을 해 둔 상태였다. 공항 터미널 밖으로 걸어 나오니 새크라멘토는 짙은 안개에 뒤덮여 있었다. 겨울철 센트럴 밸리(새크라멘토를 포함한 캘리포니아 주 중심부의 평평한 계곡 지대)에 몰려오는 차갑고도 축축한 안개였다. 승합차가 아직 도착하지 않았기 때문에 나는 안개 속에서 여행 가방 위에 앉아 있었다. 병이 난 이후로는 이것이 땅바닥에 그냥 주저앉는 행동에 가장 가까운 것이었다. 15분쯤 뒤에 승합차가 다가와 멈춰 섰는데 그 차의 운전사는 데이비스로 출발하기에 앞서 비행기 두 대가 더 도착할 때까지 기다려야 한다고 했다. 나는 승합차에 올라탄 후 자동차 좌석에 누워 마냥 기다렸다. 춥고 습한 날씨였다. 10분, 15분, 20분. 육체적 고통은 정신적 고통만큼이나 심했고, 그 정신적 고통은 나 자신을 향한 증오와 비난의 형태를 띠고 있었다.

그런데 갑자기 예상치 못한 생각의 전환이 일어났고 내 마음이 열리기 시작했다. 어쩌면 무의식적인 차원에서 내가 메리 오어의 이야기를 기억해 내, 나 자신을 대하는 이런 방식으로는 결코 다른 사람을 대하지 않을 것임을 알아차린 것인지도 모른다. 이 병이 나의 개인적인 실패가 아니라는 토니와 명상 교사 실비아 부어스타인의 자비로운 일깨움을 마침내 받을 준비가 된 것이었는지도 모른다. 무엇이 마음과 가슴에 이런 변화를 일으켰는지는 알지 못했지만 일단 나는 승합차에서 내려 운전사에게 내가 아프다는 사실을 설명했다. 그러고 나서 그에게 차량 회사의 배차 담당자에게 전화를 걸어 나를 데이비스까지 데려다주도록 허락을 받을 수 있는지 물었다. 그는 전화를 했고 즉시 허락을 받아 나를 집까지 태워 주었다. 이 경험은 병을 자비로운 마음으로 대할 수 있는 내 능력의 첫걸음으로 기록되고 있다.

당장 연락하라

나의 주요한 자비 수행은 '통렌'이 되었다. 이것은 티베트 불교의 전통에서 유래한 것인데 문자 그대로는 '주고받기'를 의미한다. 이 수행법은 뒤에서 더 자세히 살펴볼 것이다. 여기서는 자신을 향한 자비심을 키우기 위해 사용하는 세 가지 다른 수행법에 대해 이야기하고 싶다. 첫 번째는 '영혼의 바위' 명상 프로그램에서 샤론 샬즈버그가 가르친 관용 명상으로부터 발전시킨 것이다. 그녀가 말하길 구체적인 방식으로 너그러워지려는 생각이 떠오르자마자 너그러워지려는 그 충동을 실천하기 위해 마음을 다잡아야 한다고 했다. 도움이 필요한 친구에게 전화를 한다거나 어떤 사람이 자신의 물건을 보고 감탄했다는 이유만으로 그것을 주는 행동처럼 말이다. 설령 다음과 같은 생각들이 잇따르며 자신을 설득하려 들지라도.

'너무 바빠서 전화를 할 수 없어.'

'다시 생각해 보니 주려고 했던 그 물건은 나한테도 필요한 거야.'

나는 이 수행을 몇 년 동안 했었고, 그것은 다른 사람을 이롭게 했다. 그뿐만 아니라 너그러워지려는 최초의 충동을 단념시키기 위해 나자신을 합리화하는 이유를 살펴보는 일이 매우 재미있다는 사실도 발견하게 됐다.

'음, 혹시라도 백악관에 초청된다면 이 스카프를 매고 가고 싶을지 몰라……'

추수감사절에 그토록 큰 전환을 경험한 뒤 나는 병에 따라오는 고통을 줄일 방법들을 찾아보았다. 그러던 어느 날 샤론 살즈버그의 관용 수행을 자신에 대한 자비 수행으로 바꾸는 방법을 우연히 발견하였다. 비록 두 수행이 상당히 다르지만 그 공은 샤론 살즈버그에게 돌려야 한다. 그녀의 지혜가 없었다면 내가 그런 생각을 하지 못했을 것이기 때문이다.

두 수행법은 다르다. 관용 수행은 너그러워지려는 최초의 충동을 실천하는 것이고, 자비 수행은 최초의 충동을 일부러 억제하게 만드는 것이기 때문이다. 그것이 어떻게 이루어지는지를 보여 주는 예가 있다. 만약 나의 두 아이와 오랫동안 연락을 하지 못했다면 '왜 애들이 나한테 연락을 안 하는 거지?'라는 생각이 떠오르자마자 나는 아이들에게 연락을 한다. 그러므로 '왜 애들이 나한테 연락을 안 하는 거지?'라는 생각이 스스로 지어낼 수 있는 말도 안 되는 많은 이야기들—'걔들은 나한테 신경을 안 써.' 또는 '내가 아프지 않다면 나를 더 좋아할 텐데.'—을 꾸미도록 내버려 두는 대신 나는 '마음의 길을 끊어 버린다'. 이것은 나중에 배우게 될 선불교의 경구를 이용한 것이다. 그리고 나 자신으로 하여금 아이들에게 연락을 하게 만든다. 마치 아이들이 나에게 연락해야 한다고 생각한 것에 대한 '벌칙'이 내가 아이들에게 먼저 연락을 하는 것인 양.

그 결과는 언제나 행복을 가져다주며, 사실이 아니었던 생각이 확산되어 불러온 고통을 한 번도 줄여 주지 않은 적이 없다. 나는 아이들에게 전화를 하면 그동안 어떻게 지냈는지 물으며 이야기를 나눈다. 손녀들에 대해 이야기한다. 디브이디로 출시된 영화나 우리 둘 다 텔레비전에서 본 스포츠 경기 같은 공통된 경험을 나눈다. 아이들은 내 충고가 필요할지도 모른다. 대화를 나누다 보면 아이들이 내 생각을 하고 있었음이 언제나 분명해진다. 때로는 아이들이 바빴다는 사실도 깨닫게 된다. 나는 자식들이 어른으로서 독립적인 사람이 되어 자신의 인생을 충실히 살아가기를 바라지 않았던가? 그렇다! 그리고 때로는 아이들이 그동안 아팠다는 사실도 알게 된다.

샤론 살즈버그의 수행과 내 수행이 공유하는 주요한 특징은 이것이다. 자각함으로써 경계하고 있지 않는 한—불교 수행자들은 이것을 '깨어 있음'이라고 부른다—마음은 무엇이든 이용해서 우리를 설득시키려 한다는 점이다. 그 결과가 얼마나 많은 역효과를 낳든 얼마나 해

롭든 상관없이.

내가 이 수행을 어떻게 이용했는지를 보여 주는 또 다른 예가 있다. 부동산 중개업을 하는 내 친구 돈은 매주 잠시라도 나를 찾아오려고 노력했다. 두 시간 거리에 살고 있지만 돈은 일주일에 몇 번씩 데이비스로 일을 하러 왔다. 한번은 토니가 명상 프로그램에 참가하고 없었다. 토니는 금요일에 떠났고 돈은 화요일에 나를 찾아오려고 했다. 그러나 토니가 떠나고 난 이틀 뒤, 새로운 치료법을 통해 경험하던 효과가 모두 사라졌고 내 상태가 크게 악화되었다. 나는 우리의 약속을 취소할 수밖에 없었다. 돈은 그 대신 수요일에 올 수 있다고 했지만 나는 그것 역시 취소해야만 했다. 나는 다만 너무도 아팠다.

금요일 밤이 되어서도 내 몸은 회복되지 않았다. 게다가 돈도 내 상태를 확인하지 않았다는 생각이 들자 갑자기 화가 치밀었다. 그 화가 치밀자마자 '벌칙' 효과가 나타나기 시작했다. 그것은 이제 막 퍼지려는 부정적인 생각을 끊어 버리고 그 대신 돈에게 즉시 연락해야 함을 의미했다. 마지못해 나는 노트북을 집어 들고 돈에게 이메일을 보냈다. 내가 힘들게 보낸 한 주에 대해 짧게 적었고, 그녀와 가족들이 어떻게 지내는지 물었다. 돈은 즉시 답장을 주었다. 돈의 이메일은 이러한 문장으로 시작하고 있었다.

"네 생각 하고 있었어. 하지만 네가 어떻게 지내는지 물어보기가 겁났어. 다시는 그러지 않을게."

이번에도 나는 돈을 부정적으로 판단하고 있었지만 결국 돈이 내 생각을 하고 있었을 뿐 아니라 나에게 연락하지 못한 이유가 있었음을 발견하게 되었다. 때로 사람들에게는 친구가 얼마나 힘들게 지내고 있는지를 듣는 것도 무척 가혹한 일이다. 게다가 돈이 한 주간 유난히 바빴다는 사실도 알게 되었다. 다른 도시에서 찾아온 손님을 치르고, 손자 두 명을 돌보고, 집에서 몇 시간 거리에 있는 어떤 땅을 사기 위해 협상을 했다고 했다. 역시나 눈코 뜰 새 없이 바쁜 일정이었던 것이다. 역시나 이번에도, 다른 사람의 동기를 상상하며 내가 만들어 낸 이야기는 실제 일어난 일을 반영하지 못했다.

자비 수행은 고통을 줄이기 위해 자신과 다른 사람에게 손을 내미는 행위이다. 방금 설명한 이 수행을 함으로써 나는 가족과 친구에 대한 스트레스가 퍼져서 곪아 터지도록 만드는 대신 의식적으로 내 마음 상태를 변화시키는 행동을 취한다. 그 행동은 한 번도 내 고통을 줄이지 못한 적이 없으며 덤으로 내 기분까지 무척 좋게 만든다.

참을성 있게 이겨 내기

나 자신에 대해 자비심을 키우는 두 번째 방법은 '칸티' 수행을 하는 것이다. 이것은 보통 '인내(인욕忍辱)'로 번역된다. 주의하시라, 이것은 또 다른 목록의 일부이다! 인내는 '파라미스'라고도 불리는 열 가지 '바라밀 수행' 중 하나이다. 네 가지 거룩한 상태 중 자애와 평정심도 이 목록에 들어 있다. 바라밀은 붓다, 즉 깨달은 이가 완성시킨 열 가지 특징이다. 나머지 일곱 가지는 관용(보시布施), 도덕적 행동(지계持戒), 금욕(출리出離), 지혜, 에너지(정진精進), 진실, 결의이다(이것은 상좌부 불교에서 규정한 십바라밀의 요소이며 대승불교와는 조금 차이가 있다).
《비움*Being Nobody, Going Nowhere*》에서 아야 케마는 이렇게 말한다.

"우리 안에는 씨앗이 있습니다. 그렇지 않다면 우리는 황무지를 일구는 셈일 것입니다."

아야 케마(1923~1997)는 독일에서 태어난 유대인이었으며 나치 치하에서 벗어난 뒤 스리랑카로 가서 상좌부 불교의 비구니가 되었다. 그녀는 인내인 칸티를 '참을성 있게 이겨 내기'로 번역했다. 1996년 캘리포니아 북부에서 열린 명상 프로그램에서 그녀는 '참을성 있게 이겨 내기'를 계속하는 것이 불교 수행의 가장 어려운 부분이라고 했다. 아야 케마의 번역은 수동적인 마음 상태로 볼 수 있는 것, 즉 다만 참는 것을 적극적인 수행으로 변화시킨다. '참을성 있게 이겨 내기'는 '참는 것'과 더불어 우리가 적극적으로 '이겨 냄'을 의미한다. 즉 참는 것은 이 단어의 두 동의어처럼 '침착한 상태에서' '불평하지 않는' 것이다. 이겨 냄의 사전적 의미에는 '어려움에 처했을 때 극복하다'와 '포기하지 않고 고난을 경험하다'가 포함된다. 나는 '참을성 있게 이겨 내기' 수행을 시저 밀란(개 조련사. 다큐멘터리 채널에서 애견 전문 프로그램을 진행)이 자신의 프로그램 〈도그 위스퍼〉(개에게 속삭이는 사람)에서 알려 준 가르침과 비교하는 것도 좋아한다. 그는 개를 키우는 사람들에게 이렇게 말했다. 가장 효과적으로 자신의 애완동물을 다루는 방법은 '침착하면서도 적극적인' 마음 상태를 유지하는 것이라고. 달리 말하면 주도권을 잡되 침착하고 인내심 있는 태도를 취하라는 것이다.

나는 '참을성 있게 이겨 내기'를 자비 수행 목록에 포함시켰다. 만성병으로 인한 많은 어려움들에 직면할 때 그것이 고통을 줄여 줄 수 있기 때문이다. 줄곧 되풀이되는 한 가지 어려움은 의료보험 제도를 알아보는 데 엄청난 시간을 보내야만 하는 것이다. 그것이 특정 치료약의 보험 처리를 위해 보험회사로부터 승인을 받으려고 시도하는 것이든, 의료 시설에서 오랫동안 기다리면서 그 밖의 도전에 직면하는 것이든 관계없다. '참을성 있게 이겨 내기'를 연습하는 것은 환자를 보살피는 사람들에게도 도움이 된다. 그들은 사랑하는 이를 위해 '인내심 있는 대변인' 역할을 하고 있는 자신을 종종 발견하기 때문이다.

일반적으로 의료보험 제도를 다룰 때 나는 시저 밀란의 가르침 중 '적극적인' 부분에 해당하는 '이겨 내기'를 하지 않으면 그럴듯한 서비스를 종종 받지 못한다는 사실을 알게 되었다. 동시에 시저 밀란의 가르침 중 '침착한' 부분에 해당하도록 '참을성 있게' 행동하지 않으면 상대방과의 교류로부터 생겨난 좌절감이 내 증상을 악화시킨다는 사실도 알게 되었다. 역시나 인내는 그토록 많은 고통을 유발하는 마음 상태인 화를 해독시키는 강력한 치료약이다.

의료보험 회사의 복잡다단한 관료 체계를 항해할 때마다 나는 상당량의 '참을성 있게 이겨 내기' 투약이 필요하다는 사실을 알게 되었다. 가장 파란만장했던 여정 중 한 가지는 하버드 대학의 만성피로증후군 전문가가 나에게 추천한 약 처방과 관련되어 있다. 하필이면 그 약은 돼지 간으로부터 제조되었다. 생체 실험에서 그 약에 항바이러스 성분이 들어 있음이 밝혀졌고, 몇몇 피부 질환을 치료할 목적으로 미국 식품의약청의 승인을 받았다. 나는 우선 그 약을 처방받기 위해 주치의를 만나야 했다. 내가 그 약을 가능성 있는 치료제로 제시했을 때 그가 꺼렸던 것은 놀랄 일이 아니었다. 그것은 극소수의 사람들만 사용하는 약이라서 약품 처방 지침서에도 나타나지 않는, 인가되지 않은 약품의 사용일 것이었다. 게다가 그 약을 쓰려면 집에서 혼자 주사 놓는 법을 배워야만 했다. 내가 가져간 연구 자료를 꼼꼼히 검토하고 자신만의 연구를 좀 더 하기까지 거의 한 달이 걸리긴 했지만 그는 결국 처방에 동의했다.

이 일을 처리한 뒤 이제는 그 약의 보험 처리 가능성을 알아보기 위해 보험회사와 접촉할 수 있었다(미국은 민영 의료보험 제도를 따르고 있으므로 특정 약의 보험 처리 여부를 보험회사에서 결정한다). 보험회사는 인가되지 않은 약품 사용을 승인할 의무가 없었다. 하지만 약값이 너무나 비쌌기 때문에 도전해 볼 가치는 있다고 생각했다. 기나긴 통화를 세 번 한 후에 3개월의 시험 투여 기간을 허락받는 데 성공했다. 이때가 2월이었다. 보험회사 직원은 시험 투여 기간이 5월 15일에 만료된다고 했다. 이토록 기나긴 통화로 진이 빠지긴 했지만 나는 그 결과에 기뻤다. 이 어려움이 단지 시작일 뿐임을 그때는 전혀 알지 못했다.

그 약은 뉴질랜드로부터 수입되었고 미국에서는 한 군데 약국에서만 판매할 권한이 있었다. 그 사실을 말했음에도 불구하고 보험회사는 자기네 회사와 미리 계약을 맺은 약국만을 이용해야 한다고 주장했다(미국에서는 보험회사에서 지정한 병원과 약국을 이용하는 것이 원칙이다). 그 약국이 모든 주사제를 판매하기로 되어 있다고 했다. 나는 보험회사 직원에게 나더러 자꾸 가라고 하는 그 약국에서는 그 약을 팔 권한이 없음을 여러 번 설명하기 위해 노력했다. 그녀는 들으려 하지 않았다. 그 직원이 생각을 바꾸지 않을 것임을 깨닫고 나서야 나는 나보고 전화를 걸라고 한 그 약국의 전화번호를 받아 적었다. 그 대화를 나누는 동안 때때로 조바심이 일어나기 시작함을 느낄 수 있었다. 그녀에게 내 의견을 강요하고 싶었지만 그것이 그녀의 입장을 바꾸게 하지는 않을 것이며 내 증상만을 악화시킬 것임을 깨달았다. 그때 상황에서는 그 대화만으로도 탈진 상태였다. 나는 조용히 되뇌었다.

"인내, 인내, 인내."

참을성 있게 이겨 내기, 참을성 있게 이겨 내기였다.

완수할 수 없다는 사실을 알고도 임무를 수행하는 병사처럼 나는 내가 이용해야 한다는 그 약국에 전화를 걸었다. 그런데 놀랍게도 이런 말을 들을 수가 있었다.

"문제없어요. 우리가 판매할게요."

나는 조금 멋쩍은 기분을 느끼며 전화를 끊었다. 하지만 이런 감상에 젖을 시간이 없었다. 주치의에게 전화해서 처방전을 약국에 팩스로 보내라고 말하기 위해 세 번째 전화를 걸어야 했기 때문이다. 이로써 임무가 완수되었는가?

오, 아니다.

다음 날 그 약국에서 일하는 여성이 전화를 걸어 와 내가 이미 알고 있는 사실을 이야기했다. 그 제품을 판매할 독점권을 가진 약국을 이용해야 한다는 것이었다. 그리고 그 사실을 보험회사에 전화로 알릴 책임은 나에게 있다고 했다. 나는 마치 뫼비우스의 띠 위에 서 있는 느낌이었다. 행동을 하고 또 하지만 언제나 출발 지점으로 다시 돌아간 듯했다.

나는 깊은숨을 쉬고 다시 한 번 시도해 보았다. 전화를 거는 데 너무 많은 시간을 들인 결과, 몸과 마음이 탈진되어 나는 이미 고통을 겪고 있었다. 조급함에 사로잡혀 그 고통을 두 배로 만들고 싶지는 않았다. 그리하여 '참을성 있게 이겨 내기'의 도움을 받아 보험회사에 전화를 걸었고, 마침내 보험회사 직원으로 하여금 자신의 회사와 계약한 그 약국에 전화를 해서 그 약국에서는 그 약을 판매할 수 없음을 확인하도록 만드는 데 성공했다. 몇 번 더 전화를 건 뒤 이제는 모든 것이 제자리를 찾았다고 생각했다. 주치의는 독점 판매권을 가진 약국에 다시 처방전을 팩스로 보낼 것이었다. 나는 몇 시간을 더 기다린 뒤 그 약국에 전화해서 약을 부쳐 달라고 말하기만 하면 되었다.

기대에 부풀어 전화를 걸었지만 그 약은 재고가 없었다. 뉴질랜드에서는 약을 배로 보냈지만 호주 세관에 묶여 있다고 했다. 그다음 석 달 동안 나는 일주일에 한 번씩 그 약국에 전화를 했다. 나에게는 매번 새로운 '약 도착 예정일'이 주어졌다. 마침내 그 약이 미국에 도착한 시기는 약에 대해 찾아본 때로부터 일 년이 지난 후였고 주치의가 처방전을 쓴 때로부터 석 달이나 지난 상태였다. 결국 5월 15일도 지났고, 보험회사에서 허락한 3개월의 시험 투여 기간도 끝이 났다. 또 한 번 전화를 걸어야 할 시점이었다. 그 통화에서 보험회사 직원은 허락한 시험 투여 기간을 연장하는 규정이 없기 때문에 그 약의 승인을 재검토하게 만들고 싶으면 모든 것을 처음부터 다시 시작해야 한다고 말했다. 뫼비우스의 띠였다. 도움이 필요했다. 안내가 필요했다.

이토록 구하기 어려운 약을 마침내 입수해서 사용해 보았지만 그 약은 내 상태를 개선시키는 데 아무런 역할도 하지 못했다. 그러나 이 이야기의 교훈은 그 약이 도움이 될 수도 있었으리라는 것이고—실제로 다른 사람들에게는 도움이 되었다—따라서 돌이켜 보면, 그 약을 시도해 볼 기회가 나에게 주어진 것은 '참을성 있게 이겨 내기'를 끊임없이 연습한 결과였다는 것이다. '참을성'은 내 증상이 악화되는 것을 최소한으로 유지하면서 그 약을 얻기 위해 계속 애쓰도록 하였다. '이겨 내기'는 내가 원하던 결과를 마침내 얻을 수 있도록 '한 번 더 전화 걸기'를 행하게 하였다.

때로는 아프다는 것이 온종일 근무하는 직업처럼 느껴진다. 그 일을 수행하는 동안 나는 한쪽에서 '참을성 있게 이겨 내기'를 계속한다. 이것은 나 자신에 대한 자비 수행이다. 왜냐하면 좌절감과 분노가 일어나는 것을 막아 주기 때문이다. 이 두 가지 마음 상태는 내가 의료보험 제도를 항해해야 할 때면 언제나 그 뒤에서 대기하고 있는 것들이다.

만성병 환자인 나 자신에 대해 자비심을 키우는 법을 배우기 전에는 병원에 갔을 때 무슨 일이 생기든 수동적으로만 받아들였다. 고통이 아무리 심하더라도 그것을 줄이기 위한 조치를 전혀 취하지 않았다. 아프다는 사실에 대해 나 자신을 탓했기 때문이다. 이 병이 급성 단계일 때 나타나는 지속되는 쉰 목소리를 검사하기 위해 2001년 가을 이비인후과 전문의를 만났을 때가 기억난다. 침대 밖으로 몸을 이끌고 나온 나를 토니가 태워다 주어서 병원까지 도착은 했지만 진료를 받기까지 세 시간을 기다려야 한다는 사실을 알게 되었다. 나는 대기실 의자를 기댈 수 있는 가구처럼 바꾸기 위해, 생각해 낼 수 있는 모든 자세를 취해 보았다. 등 쪽으로 돌아 앉아도 보고 옆으로도 앉아 보았다. 그러다가 그 의자를 침대처럼 이용하려고도 해 보았다. 다리를 접어 올리고 딱딱한 팔걸이에 몸 가운데를 놓은 채 토니의 허벅지를 베고 누웠다. 내가 아프다는 것과 나뿐만 아니라 토니까지 이 비극적 상황으로 끌어들인 것에 대해 나 자신을 책망하기 시작하자 정신적 고통이 생겨났고, 그 고통은 육체적 통증이나 불편함과도 견줄 만했다.

6년 뒤, 나는 감염학과 의사의 감독 아래 항바이러스제를 복용하고 있었다. 집에서 감염학과 의사의 병원까지 차를 타고 갈 때면 나는 늘 우리 집 승합차의 뒷좌석에 누워 있었다. 그러나 병원에서 기다리는 시간은 그곳까지 가는 데 걸리는 시간보다 늘 길었다. 거의 두 시간이 넘었다. 첫 진료 때는, 우선 똑바로 된 의자를 기댈 수 있는 의자로 만들어 보았고 그다음에 토니의 허벅지를 베고 눕는 평소의 기술을 이용했다. 진료를 받으러 다녀오고 나니 회복되기까지 몇 주가 걸렸다. 그다음 진료는 가기가 두려웠다. 그러나 두 번째로 방문했을 때는 인내의 효과가 나타났다. 만성병 환자인 나에 대해 이미 자비심을 키우기 시작했기 때문이다. 한 시간 정도 기다린 뒤 나는 병원 직원에게 내가 누울 필요가 있음을 공손한 태도로 조용히 이야기했다. 놀랍게도 몇 분 뒤 그녀는 비어 있는 진료실을 보여 주었고 의사를 만날 때까지 진찰대에 누워 있어도 된다며 나를 안심시켰다. 그 병원 직원에게 다가

갔을 때 나는 불평을 늘어놓지도 않았고 수동적이지도 않았다. 대신 나 자신을 위해 자비로운 행동을 취한 것이다.

고통에 마음을 열기

자신을 향한 자비심을 키우는 세 번째 방법은 만성병에 동반되는 강렬한 감정들과 감정 기복에 의식적으로 마음을 열려고 노력하는 것이다. 이 수행은 2009년 노동절 주말에 우리 딸 가족이 로스앤젤레스에서 찾아온 어느 날 예기치 않게 시작되었다. 나는 새로운 치료를 석 달 동안 받은 상태였고 그 결과를 낙관하고 있었다. 토니와 나는 이것이 바로 우리가 찾던 치료라고 생각했고 실제로도 나는 평소보다 더 오래 모든 식구들과 시간을 보낼 수 있었다. 그러나 그들이 떠난 다음 날 아침, 나는 예전의 아픈 자신으로 되돌아간 듯 느끼며 일어났다.

그날 침대에 누워 있다 보니 이 치료법도 다른 치료들처럼 나를 실망시킬까 봐 두려워지기 시작했다. 그 두려움은 점점 더 강력해졌다. 그래서 나는 예전에 명상 수업에서 배운 지시를 따르기 시작했다. 그것은 생각과 감정에 이름을 붙이는 것이었다. 나는 조용히 되뇌었다.

"두려움, 두려움. 이것은 두려움이다."

혐오의 희생양이 되지 않으면서 이 작업을 하기란 때때로 어렵다. "두려움, 이것은 두려움이다. 두려움아, 넌 이제 갈 시간이다. 여기서 당장 나가!"처럼 되기 쉽다는 말이다. 나는 명상 시간이나 그 밖의 시간에도 '이름 붙이기'를 무수히 연습했는데 이번에는 무언가 다른 일이 생겼다. 두려움이 지나가기를 수동적으로 기다리는 대신 "두려움, 두려움······" 이렇게 이름을 부르자 의식의 전환이 일어났고 나는 그것에 눈을 뜨게 되었다. 그리고 이런 생각이 들었다.

'내 마음은 이 두려움을 견딜 수 있을 만큼 충분히 커.'

그러고 나서 나는 내 삶의 다른 모든 경험들 옆에 두려움을 위한 자리를 마련했다. 마음이 툭 트이고 활짝 열림을 느낄 수 있었다. 이내 내 입가에 부드러운 미소가 번지고 있음을 알아차리게 되었다. 마치 이렇게 말하는 것 같았다.

"아 그래. 내 오랜 친구인 두려움."

그러자 새로운 자비 수행의 씨앗이 뿌려졌다. 그것은 삶이 나를 위해 준비해 놓은 온갖 다양한 감정들에 마음을 여는 것이었다.

티베트 불교의 스승인 뇨술 켄포 린포체의 기도문으로 자비 수행의 탐구를 끝맺고자 한다. 아프기 전에도 분명 내 마음은 '지치고' '무기력하게 패배'했다고 느꼈을 것이다. 하지만 만성병은 그 마음 상태를 열 배는 더 악화시킬 가능성을 가지고 있다. 나는 이 기도문을 나 자신의 고통에 손을 내밀기 위한 자비 수행으로 낭송한다. 당신이 이것을 낭송하고 싶다면 '카르마'를 '원인과 조건들'로, '삼사라(한 방향으로 도는 바퀴를 의미함. 깨달음을 얻지 못하여 고통스러운 경험을 반복하는 것)'를 '고통으로 가득한 삶'으로 바꾸어서 시도해 볼 수 있다.

"무한한 삼사라의 바다에서

무섭게 휘몰아치는 성난 파도 같은

카르마와 병적인 생각에게

무기력하게 패배한 이 지친 마음이여

자연스럽고 위대한 평화 속에 휴식하기를."

9
수취인 없는 편지는 되돌아간다

자연스러운 길로 흘러가게 하라.

그러면 마음이 어떤 상황에서도 고요해질 것이다.

숲 속의 맑은 연못처럼.

희귀하고 멋진 온갖 동물들이 그 연못으로 물을 마시러 올 것이다.

신기하고 경이로운 많은 일들이 오고 가는 것을 그대는 보게 되리라.

그러나 고요하리라. 이것이 붓다의 행복이다.

아잔 차

*

평정심은 거룩한 마음 상태의 네 번째 요소이다. 내 컴퓨터에 들어 있는 사전에서는 평정심을 '고요한 마음과 침착한 성질. 특히 어려운 상황에서 그러한 것'으로 정의하고 있다. 이것은 평정심이라는 핵심 불교 관념과 수행법에 대한 훌륭한 정의이다. 지금까지 보아 온 어느 정의 못지않게 훌륭하다. 평정심을 가지고 산다면 우리는 인생의 고난에 평화로운 마음으로 직면할 수 있다. 실제로 몇몇 스승들은 이 정신적 상태를 '깨달음'과 동일시한다. 깨어남, 해탈 혹은 자유로도 알려진.

만성병 환자들에게 평정심은 특히 유지하기가 어려운 마음 상태일 것이다. 그러므로 영감을 주는 가르침과 실제 수행 기법 둘 다를 가까이에 두는 것이 도움이 된다. 만성병 환자들의 어려움이 세 가지로 분류된다는 사실을 나는 알게 되었다.

첫째, 사람들이 병에 대해 만들어 내는, 도움이 되지도 않고 정확하지도 않으며 종종 무신경하게 느껴지는 많은 말들에도 불구하고 평정심을 유지하는 일이다.

둘째, 만성병에 따라오는 예측 불가능성과 불확실성을 헤쳐 나가는 일이다.

셋째, 건강, 직업, 친구, 활동성, 금전 등의 상실에 압도당하지 않는 것이다.

물론 이런 도전들이 전적으로 만성병 환자에게만 해당되는 것은 아니다. 어쨌든 고통은 사람을 채용할 때 차별을 두지 않는 고용주와도 같다. 그럼에도 불구하고 종종 만성병은 평정심의 도움을 매우 필요로 한다.

상처를 주는 무신경한 말들

만성병 환자라면 누구나 첫 번째 도전에 여러 번 직면했을 것이다. 내 경우처럼 그 병이 다른 사람의 눈에 보이지 않는다면 특히 그러하다. 여기서 첫 번째 도전이란 어떻게 하면 다른 사람들이 하는 말에도 불구하고 침착함과 고요함을 유지할 수 있을 것인가이다. 그 말들은 설령 좋은 의도였다고 해도 사실과 동떨어진 것들이라서 환자 입장에서는 오해받고 있거나 종종 무시당하고 있다고 느끼게 한다.

인터넷을 통해 알아낸 바에 따르면 만성병 환자들은 가족과 친구들로부터 무서우리만큼 똑같은 내용의 말들을 듣곤 했다. 그 말들은 아프다는 것이 어떤 것인지에 대한 깊은 무지를 드러내는 말들이었다. 여기 그런 말의 몇 가지 예가 있다. 호주에서부터 핀란드까지 그리고 스위스뿐 아니라 캘리포니아에 있는 내 귀에까지 들리는 말들이다.

"그런데 아파 보이지 않는걸."

"아픈 게 당연하지. 넌 외출을 전혀 안 하잖아."

"나도 아플 시간이 있었으면 좋겠다."

"커피를 좀 마셔 보세요."

"컴퓨터는 계속 쓸 수 있는데 일은 왜 못 해?"

"나도 늘 피곤해."

"앞마당에서 잡초를 뽑는 걸 봤어요. 다시 건강해져서 기쁘네요."

"네가 정말로 그렇게 아프다면 지금쯤 병원에 있겠지."

"책을 쓸 수 있을 정도라면 그렇게 아플 리가 없지."

이것들 중 어느 하나라도 익숙하게 들리는가?

앞에서도 살펴보았듯이 고정된 자아가 없는 실체에 대해 튼튼한 기초를 다져 놓았다면 이런 종류의 말에도 불구하고 평정심을 유지할 때 도움을 받을 수 있다. 아잔 차는 이 점에 관해 다음과 같은 탁월한 조언을 한다.

"누군가 우리에게 욕을 했을 때 우리가 '자아'라는 느낌을 갖지 않는다면 그 사건은 말로써 끝나고 우리는 고통을 겪지 않는다. 불쾌한 기분이 일어나면 그 느낌들이 우리가 아님을 깨달으면서 그것들이 그 자리에서 멈추게 만들어야만 한다. (중략) 사선에 서 있지 않으면 총을 맞지 않는다. 수취인 없는 편지는 되돌아간다."

나는 이 표현을 좋아한다.

'수취인 없는 편지는 되돌아간다.'

그것이 고정되지 않은 자아와 평정심의 본질이다. 마음 상태가 고요하고 한결같다면 다른 사람이 하는 무신경한 말들은 다만 수신되지 않을 뿐이다. '무신경한'이라는 단어조차 힘을 잃고, 말들은 우리의 의식 속에서 일어났다가 통과해 지나가기만 한다. 내 병이 만성 단계가 된 초기에 "커피를 좀 마셔 보세요."가 어느 의사가 나에게 제시한 유일한 치료법이었을 때 '수취인이 없는' 상태였더라면 좋았을걸 하는 생각이 든다. 나는 망연자실했다. 평정심과 비슷한 것으로도 그 말을 받아 넘기기에는 병에 걸린 지 너무도 얼마 되지 않은 시기였던 것이다. 나는 그곳에서 '사선 안에' 앉아 있었고, 역시나 총에 맞은 기분을 느꼈다. 요즘은 내가 그런 말을 모욕적으로 받아들이지 않는다는 점에서 '수취인이 없게' 될 가능성이 높다. 그 말은 다만 그 사람이 의사로서의 기술과 예민함이 부족하다는 사실을 반영하는 것임을 이제는 알게 되었으므로. 그날 내 몸 상태가 충분히 건강하다고 느낀다면 나는 그 말의 부적절성에 대해 건설적인 의견을 덧붙이면서 '편지를 되돌려'

보낼 것이다.

'커피를 좀 마셔 보세요.'는 환자를 보살피는 사람들도 맞닥뜨려야 하는 말의 범주에 속한다. 즉 다른 사람들이 내 병의 치료법과 치유법에 대해 제안하는 것이다. 사람들이 치료법에 대해 담론을 펼치는 것을 예의 바른 태도로 들어야만 했다고 토니는 나에게 여러 번 이야기했다. 그것은 처방약을 본래의 용도가 아닌 다른 용도로 사용하는 것에서부터 다른 도시로 이사하는 것, 그리고 무척이나 기이하게 들리는 치료법에 이르기까지 그 범위가 매우 다양했다. 어떤 사람은 내 몸이 '너무 산성화'되어 있으니 하루에 네 번 베이킹 소다와 물을 마셔서 '알칼리성으로 만들' 필요가 있다고 했다. 이틀 뒤 또 다른 사람은 내 몸이 '너무 알칼리성'이니 하루에 네 번 사과 식초를 마셔서 몸을 '산성화할' 필요가 있다고 했다.

이런 말들은 '네가 정말로 그렇게 아프다면 지금쯤 병원에 있겠지.' 종류와는 다르다. 왜냐하면 후자의 경우는 무신경한 말일 뿐만 아니라 우리의 병을 하찮아 보이게 만들기 때문이다. 반면 사람들이 치료법을 제시할 때 그들은 진정으로 도움을 주려고 노력한다. 그러나 불행히도, 도움이 되지 않으리라는 것을 뻔히 아는 내용이나 현실적으로 실행할 수 없는 일을 시도해 보라는 말을 줄곧 듣게 되면 좌절감과 스트레스만 가중된다. 이런 선의의 말들에 대해 '수취인이 없는' 것처럼 품위 있게 행동할 수 있는 가장 좋은 방법은 '지혜로운 대화법'(여덟 가지 바른길 중 바른 말)을 배우는 것이다. 이것은 나중에 좀 더 자세히 살펴볼 것이다. 여기서는 붓다가 이렇게 이야기했다는 정도만 말해 두어도 충분할 것이다. 해야 할 말이 진실하고 친절하고 도움이 될 때만 하라고.

이러한 제안들에 직면했을 때의 지혜로운 대화법은 "좋은 제안에 감사합니다."처럼 종종 말을 아끼는 것이다. 1990년대 초, 내 친한 친구 한 명이 암으로 죽어 가고 있었다. 그녀가 말하길 거의 모든 방문객들이 손에 '치료제'를 들고 왔다고 한다. 그 치료제는 특별한 차에서부터 목에 두르고 있어야 하는 부적까지 다양했다. 그러자 그녀의 치료사가 이렇게 일러 주었다고 한다. "고마워요."라고 말하고 그 사람이 떠나는 즉시 침대 밑으로 그 물건을 집어넣으라고.

예측 불가능성과 불확실성

만성병 환자들은 친구나 가족과 시간을 보낼 수 있을지, 집 밖으로 나갈 수 있을지, 새로운 치료약에 좋지 않은 반응이 나타나지는 않을지, 의사가 사려 깊을지 그렇지 않을지 알지 못하는 어려움에 날마다 직면한다. 특정한 날에 어떤 증상이 자신을 지배할지조차 예측할 수 없다. 이런 상황에서는 고요하고 평온한 마음을 유지하기가 어렵다. 그리고 이것은 환자를 보살피는 사람에게도 마찬가지다. 매우 유용하다는 사실을 알게 된 평정심 수행 두 가지를 소개하기 전에 예측 불가능성과 불확실성이 만성병 환자의 삶에 나타나는 몇 가지 방식을 좀 더 깊이 살펴보겠다.

다른 사람들과의 활동

약속을 지키는 일에 있어서 늘 신뢰를 준 이들에게는 계획을 잘 실천할 것이라는 사람들의 기대 속에서 이토록 갑작스러운 불확실성에 직면하는 일이 크나큰 불안과 스트레스의 근원이 될 수 있다. 전적으로 건강하다고 느끼는 경우는 전혀 없지만 다른 날보다 몸의 기능성이 좀 더 나은 날이 만성병 환자에게도 있다. 다만 그런 날이 언제가 될지를 예측할 수 없을 뿐이다. 따라서 특정한 날에 친구가 찾아오도록 계획을 세울 수는 있지만 막상 당일 아침 침대 밖으로 나올 수 없게 된다면 약속을 취소해야만 한다.

치료

앞에서 말했듯이 나는 여러 가지 치료법을 시도해 보았다. 그중 일부는 증상을 완화하는 것이 목적이었고 일부는 가능성을 염두에 둔 치료였다. 내 몸이 치료법에 보이는 반응은 예측할 수가 없었다. 가능성 있는 치료법으로 한 가지 치료를 시작하면 나의 도전 과제는 이것이 되었다. 성공이든 실패든 침착하고 평온하게 결과를 받아들이도록 균형 잡힌 마음 상태를 유지하는 것. 너무 강한 약이라서 세 명의 의사가 나의 변화를 관찰해야만 했던 항바이러스제를 실험적으로 사용한 초기에는 나 자신에게 이렇게 말했다.

"어쩌면 이 약이 효과가 있을 거야. 어쩌면 효과가 없을 거야. 기대는 하지 말자. 실험일 뿐이니까."

그러나 6개월 뒤 눈에 띄는 개선 효과를 경험했을 때는 이렇게 생각했다.

'바로 이거야! '어쩌면 있을 거야'나 '어쩌면 없을 거야'는 잊어버려! 나는 나아질 거야!'

그런 다음 그 항바이러스제의 긍정적인 효과가 거꾸로 돌아갔을 때는 의기소침해졌다. 마치 깊은 바닷속으로 곤두박질친 느낌이었다.

그러나 그것은 새로운 눈을 뜨게 하는 경험이었다. 이 병과 더불어 품위 있게 살기 위해서는 평정심의 핵심인 한결같은 성질을 앞으로 더 잘 키워야 할 것임을 깨닫게 되었다. 이 글을 쓰다 보니, 초기에는 성공적이었지만 결국 실망만이 뒤따른, 내가 시도해 본 각기 다른 주요한 치료법 여섯 가지가 떠오른다. 어느 감염학과 의사는 그런 일이 일어날 수 있는 이유를 이렇게 추측했다. 내 면역 체계가 매번 새로운 치료약에 적응한 뒤 서서히 그 효과를 거꾸로 돌리기 때문일 것이라고. 초기에는 성공적이었다가 그 후 실패한 치료약을 경험하는 것보다 평정심을 가지고 인생의 굴곡을 넘는 것의 가치를 더 잘 설명하는 예는 없을 것이다.

의사

새로운 의사를 만날 경우 그 결과에 대한 예측 불가능성이 존재한다. 만성병 환자들과 그들을 보살피는 사람들에게 의료계란 한 번도 가입을 권유받지는 못했지만 나중에 보면 언제나 그곳을 서성이게 되는 단체와도 같다. 발병하고 초기에는 새로운 전문의에게 보내질 때마다 나는 커다란 희망을 안고 다가갔다. 그러나 결국 그 사람들 거의 모두에게 실망하고 말았다. 만성병 환자들, 특히 정체를 알 수 없는 병을 앓고 있는 사람들이 이것을 부르는 이름이 있다. '뜨거운 감자 취급'(너무 뜨거워서 삼킬 수도 뱉을 수도 없는 감자처럼 이러지도 저러지도 못하는 민감한 사안을 다루는 것)이다. 그런데 나는 의사에게서 의사로 보내지지는 않았다. 왜냐하면 함부로 대하기 어려운 환자였기 때문이다. 아프기 한참 전부터 나는 훌륭한 환자가 되는 기술에 통달했었다. 준비를 갖추고, 공손하게 행동하고, 간결하게 설명하며, 그다지 불평하지 않는 것이 그것이다.

내가 지금 의료계를 고발하고 있는 것은 아니다. 그것은 지나치게 두꺼운 붓으로 모든 그림을 그리려는 일처럼 포괄적인 접근일 것이다. 나는 그런 행동의 해로움을 잘 아는 처지에 있다. 차에 치여 죽은 동물들보다도 변호사가 더 꼴 보기 싫다는 사람들의 고약한 농담을 들으며 직장 생활을 했기 때문이다. 그런 말을 들었을 때 내가 전형적으로 보인 직접적인 반응은 이것이었다.

"브라운 씨와 교육위원회와의 소송(1954년, 가까운 백인 학교를 두고 먼 흑인 학교까지 다니게 된 흑인 아이의 아버지 올리버 브라운과 몇몇 부모가 교육위원회를 상대로 소송을 제기하였고 미국 대법원은 공립학교를 흑인 학교와 백인 학교로 나누는 것이 위헌이라고 판시하였다)에서 원고들을 대리할 변호사가 주변에 있었으니 참 다행이에요."

대개 그것은 효과가 있었다. 물론 나는 의사들과 긍정적인 경험도 했다. 처음부터 내게 솔직하게 이야기했던 내분비학과 전문의도 본 적이 있다. 그녀는 이렇게 말했다.

"지금 당신 몸에서 잘못된 부분이 내분비계와 관련이 있는지는 잘 모르겠어요. 하지만 원인을 알아내기 위해 최선을 다할게요."

정말로 그녀는 최선을 다했고 나를 도와줄 수 없게 되자 커다란 연민을 보였다. 1차 진료를 맡은 내 주치의는 경탄할 만했다. 자신이 나를 고칠 수 없음에도 불구하고 그는 내 곁을 떠나려 하지 않았다. 나의 제안들에 마음을 열고 너그러운 태도로 자신의 시간을 내주었다. 그는 한 번도 나를 실망시킨 적이 없다.

이런 의사도 있긴 했지만 그렇지 않았던 의사들과의 만남 몇 가지를 아래에 소개하겠다. 만성병의 세계 속에 살고 있는 사람들에게는 익숙한 일일 것이라고 확신한다.

어느 류머티즘 전문의는 내 눈을 똑바로 쳐다보며 나를 낫게 해 주겠다고 말했다. 토니와 나는 진료실을 나올 때 무척이나 설렜다. 그러나 자기가 지시한 검사 결과가 정상으로 나오자 차갑고 무뚝뚝한 태도로 말했다.

"주치의에게 가세요."

신경과 전문의는 첫 진료 때 내가 자신의 환자가 될 것이라고 했다. 그는 면역 체계와 신경계에 대해 긴 시간 이야기하며 바이러스 감염 후유증에 대한 자신의 전문 지식으로 토니와 나를 대했다. 류머티즘 전문의를 만났을 때처럼 우리는 기쁨에 가득 차 진료실을 떠났다. 나를 위해 할 수 있는 일에 대해 그가 낙관했기 때문이다. 그러나 다음번에 진료를 받으러 가자 그는 겉으로만 나에게 관심을 보였고 자기가 데리고 있는 의대생의 눈에 어떻게 하면 더 유능하게 비칠지에만 신경을 썼다. 그 의대생을 의식해서인지 자신의 전문 분야와 나의 증상이 별로 관계가 없다는 듯이 행동했다. 그는 10분 정도 우리와 함께 시간을 보내다가 아무런 도움도 주지 않고 가 버렸다. 토니와 나는 완전히 기분이 상한 채로 그곳을 떠났다. 왜 두 번째 진료가 첫 번째의 꼼꼼한 진료와 전혀 유사점이 없었는지는 지금도 설명할 길이 없다.

감염학과 의사 한 명은 나에게 이 병의 치료법을 나 스스로 찾아본 다음 그 결과를 진료 예정일 전에 미리 이메일로 보내라고 했다. 나는 몇 시간을 투자해서 인터넷으로 조사를 하고 이메일을 쓰고 그 메일을 다시 점검했다. 내 건강과 행복을 일부 희생하면서. 의사가 읽기에 간결하면서도 빈틈이 없도록. 그는 진료실로 들어오더니, 메일을 받기는 했지만 읽지는 않았다고 밝혔다. 내가 공손한 태도로 실망감을 나타내자 그는 짜증을 내며 메일을 읽고 나면 전화를 주겠다고 말했다. 나는 그에게서 아무런 연락도 받지 못했다.

또 다른 감염학과 의사는 자신이 관찰하고 있는 항바이러스제 치료를 받으면서 나날이 개선되는 상태를 도표로 만들라고 나에게 요청했다. 나는 일기에 적은 기록을 바탕으로 공을 들여 도표를 만들었다. 내가 그 약에 잘 반응하고 있을 때 그는 내 도표를 무척 좋아했다. 심지어 동료 의사들을 진료실 안으로 불러 모아 그것을 보라고 말하기도 했다. 그러나 그 약의 효과가 사라지기 시작하자 마지막 진료 이후로 내가 그토록 정성 들여 보충한 도표는 쳐다보지도 않았다. 더 심한 경우는 항바이러스제가 듣지 않는 이유를 놓고 나를 탓한 일이었다. 그는 내가 충분히 쉬고 있지 않다고 했다. 내가 올바르게 운동하고 있지 않다고 했다. 나는 기회가 있을 때마다 쉬었다. 그리고 운동은, 그 진료를 받으러 가는 것만으로도 운동이었다. 자신의 치료법이 나에게 듣지 않을 것임이 분명해지자 그는 나를 놓아 버렸다. 뜨거운 감자처럼……

평정심 수행

1990년대에 태국 밀림의 승려인 아잔 줌니안이 여느 해처럼 '영혼의 바위'에 방문했을 때 나는 성실한 자세로 참가했다. 언제나 그렇듯이 기쁨과 웃음이 흘러넘치던 그가 어느 날 갑자기 평정심에 대해 강연하기 시작했다. 나는 이런 내용을 받아 적었다.

사람들이 "아잔, 아름다운 길로 산책하러 갑시다."라고 말하면 그것은 좋습니다. 나는 갈 것입니다. 사람들이 그 말을 하지 않는다 하더라도 그것 역시 좋습니다. 나는 산책이 혼자 앉아 있는 것보다 더 만족스러우리라고 기대하지 않습니다. 바깥은 날씨가 덥거나 바람이 불 수도 있습니다. 사람들이 나에게 맛있는 음식을 가져다주면 그것은 좋습니다. 그러지 않아도 좋습니다. 어쨌든 나는 식사량을 조절해야 하니까요. 내 기분이 좋으면 그것은 좋습니다. 내가 아프더라도 그것 역시 좋습니다. 눕기에 좋은 구실이 되니까요.

이 몇 개의 문장들은 잭 콘필드가 통역한 내용을 내가 종잇조각에

휘갈겨 쓴 것인데 나에게는 평정심 수행의 핵심이 되었다. 아프게 되고 난 몇 년 뒤에 나는 이 종이를 발견했다. 내가 처한 새로운 상황을 염두에 두고 읽으니 평정심의 본질은 어떤 것이나 어떤 사람을 탓하지 않으면서 자신에게 다가오는 삶을 그대로 받아들이는 것임을 이해하게 되었다. 그것은 자기 자신을 탓하지 않는 것을 포함한다. 치료약이 듣지 않을 때면 나는 실의에 빠졌고 의사가 내 기대치에 미치지 않으면 화를 내곤 했다. 나는 통제할 수 없는 것을 통제하려 하고 있었다. 어떤 치료약은 효과가 있었고 어떤 약은 그렇지 못했다. 어떤 의사는 내 기대치에 미쳤고 어떤 의사는 그렇지 못했다.

문제는 이런 통찰이 무관심으로 빠지지 않도록 하는 것이다. 왜냐하면 무관심이란 삶이 우리에게 다가올 때 그 삶을 미묘하게 혐오하는 것이기 때문이다. 무관심은 '상황을 있는 그대로' 평온하게 받아들이는 태도를 '상황은 있는 그대로야. 그러니 누가 신경이나 쓴대?'로 바꾼다. 아잔 줌니안이 방문했을 때 종이에 적은 기록과 아잔 줌니안으로부터 퍼져 나오던 기쁨의 기억은 아직도 나에게 큰 영감을 준다. 이제 나는 이렇게 말하면서 평정심을 키운다.

"만약 이 약이 도움이 된다면 좋을 거야. 그렇지 않다고 해도 아무도 원망하지 않아. 그건 내 몸이 필요로 한 게 아니었어."

"알고 보니 이 의사가 대응을 잘해 주는 사람이라면 좋을 거야. 그렇지 않다고 해도 괜찮아. 나에게 어떤 의사가 오게 되든 그는 본래 자신의 모습대로 존재할 거야. 그건 내가 통제할 수 있는 일이 아니야."

사람들과 시간을 보내거나 활동에 참여할 수 있을지를 예측할 수 없는 상황에 직면할 때면 나는 아잔 줌니안의 작은 보석을 기억하려고 노력한다. 병에 걸린 초기에 나는 새크라멘토 오페라단에서 연출한 〈카르멘〉 공연 표를 산 적이 있다. 토니와 내가 낮 공연의 1막만 볼 수 있다고 해도 여전히 멋진 경험이리라 생각했기 때문이다. 그러나 오페라 공연 당일이 되자 나는 몸이 너무 아파서 집 밖으로 조금도 나갈 수가 없었다. 그렇게 세심하게 짠 계획을 실행에 옮길 수 없다는 사실에 무척이나 억울했고 화가 났다. 나는 매 막의 공연 시간이 얼마나 되는지, 가장 가까운 장애인 주차 구역이 어디에 있는지 알아보려고 전화까지 했었다. 억울함과 분노는 눈물로 바뀌었고 그것이 토니를 더욱 힘들게 했다. 이렇듯 불확실성과 예측 불가능성은 예상치 못하게 내 삶에 늘 함께하는 존재가 되었고, 그것을 다루기에 나는 평정심 수행을 충분히 한 상태가 아니었다.

6년 뒤로 시간을 돌려 보자. 가족끼리 오랫동안 알고 지낸 한 친구가 데이비스에 오게 되어 토니는 그를 저녁 식사에 초대했다. 나는 한 주간의 일정을 조심스럽게 조절하여 그날이 되기 며칠 전부터 다른 약속을 전혀 잡지 않았다. 그것은 내가 잠시라도 토니와 더불어 그 친구와 함께 시간을 보낼 가능성을 상당히 높여 주었다. 비록 평소에는 다섯 시 반 이후로는 침대 밖으로 거의 나오지 않는데도 말이다. 그러나 그가 온 날 저녁, 나는 두 사람과 함께 시간을 보내기엔 너무 아팠다. 약속을 전날 저녁으로 잡았더라면 그들과 조금은 어울릴 수 있었을 것이다.

그러나 나는 오페라 공연을 놓쳐야 했을 때처럼 반응하지 않았다.

그날 밤 침대에 누워 울지 않았다. 대신 아잔 줌니안의 말을 기억해 내고 나 자신에게 이렇게 말했다.

"그들과 시간을 보낼 수 있었더라면 좋았을 거야. 하지만 그렇게 할 수 없기 때문에 그것 역시 괜찮아. 나는 침대에 누워서 음악을 듣거나 텔레비전에서 방영되는 영화를 찾아볼 거야."

두 번째 평정심 수행은 또 다른 태국 밀림의 승려 아잔 차로부터 유래한다. 우리가 이미 들어 본 이름이다. 그는 자신의 저서 《아잔 차 스님의 오두막A Still Forest Pool》에서 이런 말을 했다. 이것은 무척이나 효과적이어서 내가 아프기 훨씬 전부터 외워 두었던 것이다.

"조금만 내려놓으면 조금의 평화를 얻을 것입니다. 많은 것을 내려놓으면 많은 평화를 얻을 것입니다. 완전히 내려놓으면 완전한 평화와 자유를 얻게 될 것입니다. 그리하여 세상에서 겪는 당신의 힘겨운 투쟁은 끝날 것입니다."

나는 이 가르침을 좋아하는데 그것이 평정심을 향해 걸음마를 시작할 수 있게 하기 때문이다. 그 첫걸음을 내딛고 '조금이라도 내려놓을' 수 있게 되기에 앞서 나는 확실성과 예측 가능성을 향한 갈망으로부터 고통이 생긴다는 사실을 깨달아야만 했다. 그 욕망 속에 존재하는 고통을 알게 되는 것만으로도 나를 잡고 있는 고통의 손이 느슨해진다. 그것이 가족 모임에 그토록 참석하고 싶어 하는 것이든, 약물 치료 결과가 긍정적이기를 희망하며 매달리는 것이든, 의사가 나를 실망시키지 않기를 바라는 것이든 관계없다. 마음속 고통을 일단 알아차리게 되면 약간은 내려놓기 시작할 수 있다. 그렇게 하자마자 나는 자유를 조금 맛보게 되고, 이것은 내가 조금 더 내려놓게 되는 동기가 된다.

발목 엑스레이를 찍기 위해 기다리는 동안 나는 이 수행을 했다. 계단 두 칸에서 미끄러지고서 24시간이 지난 뒤, 발목은 여전히 아프고 욱신거리며 무릎은 집 안을 기어 다니느라 멍이 든 상태였을 때, 내 능력으로는 자세를 똑바로 유지하기가 힘든 휠체어에 앉아 있느라 몸이 피로를 견디지 못했을 때, 병에 보태어진 이 부상을 감당할 수 있을까 하는 생각이 마음을 어지럽혔을 때 그동안 나는 몸과 마음속 고통을 다루는 데 도움이 될 만한 수행을 찾아보았다. 그리고 내려놓으라는 아잔 차의 가르침으로부터 도움을 얻을 수 있었다. 나는 이렇게 생각했다.

'이 일이 일어나지 않기를 바라기 때문에 나는 고통을 겪고 있어. 하지만 좋든 싫든 그것은 일어나고 있어. 그러니 조금만 내려놓아 볼까? 아기 걸음마만큼?'

나는 그렇게 할 수 있었다. 그리고 그렇게 하니 또 다른 걸음을 걸을 수 있었다. 몇 분 뒤 나는 평정심으로 가득하게 되었다. 우리 삶에 일어나는 예상치 못한 복잡한 일들을 평화롭게 받아들이는 태도에서 나오는 자유도 함께 맛보면서.

물론 우리의 성향은 욕망이 충족되기를 바란다. 그러나 우리의 행복이 그것에 의존한다면 우리는 스스로 고통의 삶을 준비하는 셈이다. 욕망이 충족되지 않았음에도 평정심을 유지할 수 있는 정도는 아잔 차가 말한 평화와 자유를 가늠하는 기준이다. 그가 말한 것처럼 '세상에서 겪는 힘겨운 투쟁이 끝날 것'인지를 가늠하는 기준이다.

완전히 내려놓은 세상에서 사는 모습을 상상하면 가족 행사에 참석할 수 없어도 괜찮다. 약물이 도움이 되지 않아도 괜찮다. 의사가 나를 실망시켜도 괜찮다. 그것을 상상하는 것만으로도 그것은 나로 하여금 조금 내려놓도록 영감을 준다. 그러면 많이 내려놓기가 더 쉬워진다. 그리고 이따금씩 나는 일순간 완전히 내려놓는다. 그리고 평정심이라는, 자유와 평온함의 그 축복 속에서 나오는 빛을 받는다.

상실

건강부터 가족 그리고 생계 수단에 이르기까지, 너무도 엄청나게 느껴지는 상실에 직면하는 것은 평정심을 키우는 데 큰 장애가 된다. 그러나 때로 우리는 가장 뜻밖의 장소에서 가르침과 수행을 발견할 수 있다. 어느 날 나는 여배우 수전 세인트 제임스가 텔레비전에서 인터뷰하는 것을 보고 있었다. 그 인터뷰를 하기 3주 전에 그녀는 열다섯 살 된 아들 테디를 비행기 사고로 잃었다. 그녀의 남편과 또 다른 아들이 심한 부상을 입었고 승무원 몇 명은 사망했다. 그 인터뷰에서 수전 세인트 제임스는 자신이 아들 테디와 얼마나 가까운 사이였는지 이야기했다. 테디가 막내아들이었고 그때까지도 집에서 함께 생활한 유일한 자식이었기 때문이다. 게다가 NBC 스포츠(미국의 한 방송 회사)의 대표인 남편 딕 에버솔은 일 때문에 거의 대부분 집을 떠나 있었다. 자신과 테디는 마치 룸메이트 같았고 절친한 친구였다고 그녀는 말했다.

그런 다음, 모든 것을 받아들이는 더없이 평온한 모습을 보이며 다음과 같은 아주 놀라운 말을 했다.

"그 아이의 삶은 15년 동안만 지속될 삶이었어요."

나는 숨이 멎을 것만 같았다. 내 아이들이나 손녀들 중 한 명이 죽게 된다면 나는 그런 평정심을 가지고 저 말을 할 수 있을까? 지금도 그 질문에 대한 해답은 모르겠다. 그러나 수전 세인트 제임스의 말과 그 말을 할 때의 평온함은 그날 내 가슴속에 깊이 들어왔다. 그 이후, 내 병 때문에 직면해야 한 많은 상실로 인해 비탄과 절망에 빠진 자신을 발견할 때마다 그녀의 말이 곧 내 평정심 수행이 되었다.

법대 교수라는 직업과 우정을 잃게 된 것 때문에 비통해질 때면 나는 자신에게 이렇게 말한다.

"그건 20년 동안만 지속될 직업이었어."

"그건 25년 동안만 지속될 우정이었어."

건강을 잃은 것과 그로 인한 결과에 꼼짝없이 압도되었다고 느껴지면 나는 자신에게 이렇게 말한다.

"이건 활동적으로 아이들을 키우기에 충분히 긴 시간 동안 병에 걸리지 않은 몸이었어. 아이들이 어렸을 때 부담을 주지 않기에 충분히 긴 시간 동안. 아이들 결혼식에 참석하기에, 많은 법대 학생들을 가르치고 그들을 개인적으로 돕기에, 그리고 토니와 동행하여 세상 밖을 여행하기에 충분히 긴 시간 동안."

내가 배운 붓다의 가르침에 힘을 보태는 수전 세인트 제임스의 용기에 영감을 받아, 이제 나는 위와 같은 평정심 문구를 아무 쓰라림 없이 말할 수 있다. 그 지난날들에 진정으로 감사할 수도 있다. 당신이 만성병 환자든 만성병에 걸린 사랑하는 사람을 보살피는 사람이든, 자신이 맞닥뜨린 상실을 이겨 낼 때면 어느 비범한 여성의 말을 자기 나름대로 변형하여 평정심 수행을 해 볼 것을 권한다. 우리가 상상할 수 있는 가장 지독한 상실에 직면한.

4
지금 상태 그대로의 인생 바라보기

나는 내 마음을 어디에 둘 것인지 스스로
선택할 수 있다는 사실을 깨달았고,
고통의 바퀴에서 내려왔다.
"사랑하는 순수한 내 몸아, 나를 돕기 위해
그토록 열심히 일하고 있구나."
나 자신의 몸을 향해 호의를 보이는 것은
고통으로부터 빠져나오는 출구가 되었다.
병에 대한 혐오와 그로부터 따라올 수 있는 모든 것,
예를 들어 억울함과 분노로부터 자유로워졌다.
고통은 내가 그 생각을 '믿을' 때 생기는 것이다.
내 생각이 나를 고통스럽게 세상을 살아가도록 만들었다.
그리고 그 생각들이 나를 옭아맸다.
우리가 들이쉬는 숨에 이 세상의
고통을 담아 둘 수 있고 내쉬는 숨에 우리가 주어야
할 모든 친절과 평화와 자비를 내보낸다면 그 순간은
지푸라기를 황금 실로 탈바꿈시키는 것과도 같다.

10
고통의 바퀴에서 내려오기

집착할 것은 아무것도 없다.

붓다다사 비쿠(1906~1993. 태국의 승려)

*

많은 스승들이 명상을 배우는 것에서부터 불교 수행을 시작하라고 권했다. 그러나 교수라는 직업상 나는 먼저 불교 서적과 씨름하며 몇 가지 연구 조사를 하게 될 수밖에 없었다. 학문을 중요시하려는 욕구가 강했기 때문에 불교에 관심을 가지게 된 지 얼마 지나지 않은 1992년, 연구 조사를 통해 스무 쪽에 달하는 논문을 작성했다. 서른여섯 권의 책을 주석으로 달아 완성한 것이었다. 제목은 '불교 소개'로 정했다. 이 하찮은 저작물을 누구에게도 준 기억이 나지 않는 것을 보면 나는 나 자신에게 불교를 소개하고 있었던 것 같다.

이런 학술 연구에 몰두해 있는 동안에는 나에게 잘 맞는 전략을 택했다. 이해되지 않는 가르침을 발견하면 그냥 넘어가는 것이었다. 그것이 '고통의 바퀴'와 맺은 최초의 관계였다. 나는 그 가르침을 건너뛰었고 좀 더 다가가기 쉬운 가르침으로 옮겨 갔다.

나는 이미 가지고 있던 책을 이용해서 불교 공부를 시작했다. 스리랑카의 승려이자 학자인 월폴라 라훌라가 1959년에 쓴 《붓다의 가르침과 팔정도*What the Buddha Taught*》가 그것이었다. 1992년, 이 책을 서가에서 꺼냈을 때도 여전히 많은 사람들이 이 책을 서양인에게 불교를 소개하는 중요한 지침서로 여기고 있었다. 읽기 쉬운 책은 아니었다. 요즘 구할 수 있는, 독자들이 쉽게 다가갈 수 있는 수십 권의 책들과 비교해 보면 특히 그러했다. 월폴라 라훌라가 '파티카 사무파타'라고 부르는 원리—'고통의 바퀴' 혹은 좀 더 널리 알려진 말로는 '연기緣起'—를 설명하는 부분에 이르렀을 때 그 부분을 그냥 건너뛰지 않았다면 나는 불교라는 이 새로운 영적 추구의 길에서 완전히 벗어났을 가능성이 높다. 그는 '조건 지어진 발생' 혹은 '의지에 의한 형성의 중단' 같은 문구를 사용했고 그것은 내 머리를 핑핑 돌게 했다.

그러나 몇 해가 지나 내 명상 수행이 제대로 자리를 잡았을 때 아야 케마와 사트야 나라얀 고엔카(인도의 위파사나 수행의 대가)의 책을 통해 그 가르침을 다시 한 번 살펴보았다. 그러자 이번에는 이해가 되기 시작했다. 특히 아야 케마의 《강철 독수리가 비상할 때*When the Iron Eagle Flies*》와 윌리엄 하트의 《고엔카가 가르친 위파사나 명상법*Vipassana Meditation as Taught by S.N. Goenka*》으로부터 많은 것을 배울 수 있었다.

파티카 사무파타는 여러 방식으로 다양하게 번역할 수 있다. 가장 흔한 번역은 '연기'이지만 나는 '고통의 바퀴'를 선택했다. 왜냐하면 그것이 우리의 경험을 무척 잘 묘사하기 때문이다. 내가 하는 설명은 종합적인 분석도 학문적인 분석도 되지 않을 것이라는 경고를 덧붙이면서 나는 이러한 고통의 바퀴 혹은 고통의 사슬 속 열두 계단의 가운데에 올라타려고 한다. 나아가 이 가르침들을 만성병에 수반되는 마음의 고통을 줄이기 위한 실질적인 도구로서 어떻게 이용하면 되는지 설명하려고 한다.

　인생을 살아가면서 우리는 여섯 가지 감각을 통해 정신적·육체적 접촉에 반복적으로 맞닥뜨린다. 다른 인도 철학 체계처럼 불교에서도 우리의 지각을 조절하는 정신적 능력을 여섯 번째 감각에 포함시킨다. 우리는 그러한 접촉을 유쾌한 감각, 불쾌한 감각, 그리고 자주 일어나지는 않지만 중립적인 감각으로 경험한다. 접촉의 경험이 유쾌하면 우리는 그것을 좀 더 원한다. 이것이 욕망이다. 접촉의 경험이 불쾌하면 우리는 그것이 사라지기를 원한다. 이것은 단순히 다른 형태의 욕망, 즉 그것이 없어지기를 바라는 욕망이다. 불교에서는 보통 이것을 혐오라고 일컫는다. 이 욕망 혹은 혐오에 해당하는 팔리 어는 앞에서 말했듯이 '탄하'이다. 나는 탄하를 '원함 혹은 원하지 않음'으로 부르는 것을 좋아한다. 왜냐하면 이것은 매일매일 내가 처하는 마음 상태의 대부분에 해당하는 두 가지 중 한 가지를 상당히 잘 설명하기 때문이다!

　게다가 마음은 이 욕망 혹은 혐오에 마치 풀처럼 달라붙는다. 그 과정은 매달림, 붙잡음, 집착 등 다양하게 불린다. 이처럼 우리가 욕망 혹은 혐오에 일단 달라붙고 나면 그것은 되돌릴 수가 없다. 이 달라붙음은 고정된 자아의 감각을 만든다. 마치 그 풀이 말라 버린 것처럼. 간추려 말하면 우리는 욕망과 혐오에 매달리거나 집착함으로써 만들어지는 자아 정체성을 띠고 매 순간 다시 태어난다.

그렇다면 우리는 매 순간 우리가 만들어 낸 탄생―혹은 이 표현이 더 좋다면 '재탄생'―의 결과에 끝까지 책임져야 한다. 그 결과들이 '카르마'의 의미이고, 그 결과에 끝까지 책임을 지는 것이 카르마의 무르익음 혹은 결실이다.

간단한 예를 들어 보자. 세상과의 접촉이 있다. 그것은 도로 위에서 우리에게 먼저 갈 권리가 있음에도 우리 앞에 끼어드는 사람이라는 형태로 이루어진다. 그 접촉이 한 가지 이상의 감각을 포함한다는 점에 주목하라. 눈은 끼어드는 차를 보고, 귀는 그 차가 움직이는 소리를 듣고, 여섯 번째 감각은 이렇게 생각한다.

'나한테 먼저 갈 권리가 있는데도 불구하고 저 사람이 내 차 앞에 끼어들고 있네.'

마음과 관련된 그 접촉의 일부는 불쾌한 기분으로 경험된다. 스스로 그만두기 전까지는 그 불쾌감에 대해 우리는 혐오로 반응한다. 사실 우리는 혐오를 흔들어 떼 낼 수 없다. 그것은 마치 풀처럼 달라붙어 우리를 조종하며, 우리는 바로 그 순간 괴팍한 사람으로 '변하거나 다시 태어나는' 바로 그 과정 속에 있다. 그리고 그곳에 당신은 첫 번째 고귀한 진리인 고통도 함께 가지고 있다.

반가운 소식은 그 고통의 장소에 이르기 전에 바퀴를 부러뜨릴 수 있다는 것이다. 그것은 바로 그 순간 깨어 있음으로써 가능하다. 불쾌한 기분이 지금 이대로가 아닌 다른 상황을 바라는 욕망을 만들어 내기 전에. 사트야 나라얀 고엔카는 이것을 '(불쾌한 기분을) 객관적으로 관찰하는 법 배우기'라 부른다. 그는 그 접촉과 거기에 대한 반응인 욕망, 혐오 사이에는 결정적인 단계가 있다고 말한다.

"욕망이나 혐오로 반응하지 않고 기분을 관찰하는 법을 배울 때 고통의 원인이 생기지 않고 고통이 중단된다."

유쾌한 기분이나 불쾌한 기분을 경험한 이후부터 유쾌함에 대한 욕망이나 불쾌함에 대한 혐오가 일어나기 전까지의 그 짧은 순간이 고통의 바퀴에서 내려올 기회이며 출구이다. 어떤 것과의 접촉 후에 어떤 기분이나 느낌이 일어나는 것을 피할 수는 없다. 뜨거운 난로를 만지는 것은 불쾌하게 느껴질 것이다! 그러나 아야 케마는 그 기분을 소유하지 않으면서 그것을 다만 기분으로 보는 것이 수행이라고 이야기한다. 그녀는 말한다. 결국 우리가 기분을 완전히 조절할 수 있다는 점에서 기분을 진정으로 '소유'한다면 기분과 느낌을 유쾌한 것으로만 만들게 될 것이라고! 이것은 기분을 객관적으로 관찰하는 법을 배워야 한다고 말했을 때 사트야 나라얀 고엔카가 의미했던 것이기도 하다.

자신에게 먼저 갈 권리가 있음에도 불구하고 도로 위에서 누군가가 끼어들기를 할 때 우리는 그 기분이 불쾌하다는 사실을 다만 관찰하고서 그 경험에서 벗어날 수 있다. 우리가 날마다 마주하는 일순간의 수천 가지 접촉 중 하나에 지나지 않는 것으로 여기고 그것에 반응할 수 있다. 그러면 무상함의 진리가 보일 뿐 아니라 고통도 일어나지 않을 것이다. 그리고 그 사실을 깨닫기도 전에 우리는 그날의 다음번 접촉으로 옮겨 간 상태일 것이고, 그 접촉은 다만 다른 운전자에게서 받는 공감의 미소가 될 것이다.

다음은 내가 개발한 수행법이다. 이 수행은 고통의 바퀴라는 가르침을 네 가지 거룩한 상태와 결합시키는 것이다. 그것들이 서로 잘 어울릴 것 같지 않아 보임에도 말이다.

고통의 바퀴와 네 가지 거룩한 상태의 수행

이 수행에 대한 아이디어는 지혜롭고 뛰어난 명상 교사인 실비아 부어스타인의 가르침으로부터 시작되었다. 앞에서 그녀에 대해 이야기한 적이 있다. 실비아 부어스타인은 '영혼의 바위'를 설립한 명상 교사 중 한 명이다.《행복은 내부 작업 *Happiness Is an Inside Job*》이라는 책에서 그녀는 자신과 남편 시모어가 유럽의 어느 스키장에 방문했을 때의 이야기를 들려준다. 다른 사람들이 스키 타는 법을 배우는 모습을 바라보는 동안 그녀는 예전의 기억을 떠올렸다. 이젠 나이가 들어 위험하기 때문에 그 경사지에 도전할 수 없게 되었지만, 그 전까지도 그녀와 그녀의 남편 시모어는 언제나 그곳을 함께 이용하곤 했다. 그녀의 표현대로 자신의 마음이 '소요를 일으키기' 시작한 그때—그녀는 "내 마음속 소요는 질투심이라는 불쾌한 정신적 감정으로 직행했을 것이다."라고 적었다—다른 사람들이 느끼고 있는 그 모든 즐거움을 찾아보기 위해 주위를 둘러보았고 갑자기 그들의 기쁨에 대해 커다란 희열을 느꼈다. 특히 이제 막 스키 타는 법을 배우고 있던 어린 소녀로부터 기쁨을 느꼈다. 자신의 지혜로운 마음을 이용해서 실비아 부어스타인은 그렇게 다가오던 부정적인 마음 상태를 다른 사람의 기쁨에 함께 기뻐하는 거룩한 상태로 바꾸었다.

실비아 부어스타인의 책에서 이 부분을 읽고 난 직후, 나는 어찌하여 우리가 접촉을 유쾌하거나 불쾌하거나 중립적으로 경험하도록 고정되어 있는지에 대해 토니와 이야기를 나누었다. 여기에는 신체적 접촉과 정신적 접촉이 모두 포함된다. 뜨거운 난로에 손을 대는 것을 유쾌한 경험으로 바꿀 수 없듯이 인종차별적 발언도 유쾌한 것으로 바꿀 수 없다. 나에게 떠오른 질문은 이것이었다. 인종차별적 발언과 같은 불쾌한 경험이 혐오, 즉 '무엇을 원하지 않는' 욕망으로 바뀌기 전에 바로 그 순간 고통의 바퀴로부터 내려오는 것이 가능한가. 일단 혐오감으로 반응하고 나면 머지않아 매달림이 찾아온다. 그리고 그 사실을 미처 깨닫기도 전에 나는 이미 그 바퀴를 완성한 뒤 '다시 태어난' 상태일 것이다. 너무나 분노로 가득 차서 그 발언에 대응할 지혜로운 행동을 취할 수 없는 사람으로.

낮잠을 청할 시간이 다가왔을 때 나는 실비아 부어스타인의 책에 나오는 스키장 부분과 토니와 나눈 대화에 관해 명상한 상태였다. 몸은 독감 비슷한 증상으로 고통스럽고 심장은 마음을 초조하게 하는 피로 때문에 두근거리는 상태에서 침대에 누웠다. 물론 나는 이것을 불쾌한 신체적 감각으로 경험하고 있었다. 내 마음이 실비아 부어스타인의 '소요'처럼 평상시대로 움직이기 시작하여 불쾌한 기분에서부터 그 기분에 대한 혐오까지 모두 경험한 상태였을 때 비로소 나는 알아차렸다. 사트야 나라얀 고엔카와 그 밖의 사람들이 말한 출구를 어떻게 찾는가를. 다시 말해, 나는 악랄한 고통의 고리를 끊는 길을 찾은 것이다. 나는 내 마음을 네 가지 거룩한 상태 중 한 가지로 의식적으로 움직임으로써 이것을 할 수 있었다.

침대에 누워 있는 동안 독감과 비슷한 그 증상은 정말로 몸에 불쾌하게 느껴졌다. 그러나 나는 내 마음을 어디에 둘 것인지 스스로 선택할 수 있다는 사실을 깨달았다. 과거에 수천 번 그런 것처럼 깨어 있지 않은 마음 상태에서 혐오가 일어나는 것을 막으며. 그래서 마음을 의식적으로 자애로 옮기고 조용히 되뇌었다.

"사랑하는 순수한 내 몸아, 나를 돕기 위해 그토록 열심히 일하고 있구나."

나 자신의 몸을 향해 호의를 보이는 것이 두카로부터 빠져나오는 출구였다. 나는 고통의 바퀴에서 내려왔다. 병에 대한 혐오와 그로부터 따라올 수 있는 모든 것들, 예를 들어 억울함과 분노를 느끼는 사람이 되고 그런 사람으로 다시 태어나는 것으로부터 자유로워진 것이다.

물론 나는 툭하면 혐오와 욕망으로 직행하도록 조건 지어져 있었다. 따라서 이런 돌파구를 찾았다고 해서 그 노력을 더 이상 하지 않아도 되는 것은 아니었다. 지금도 나는 매일 기분을 객관적으로 관찰하기 위해 노력을 기울여야 하며, 그럼에도 이따금씩은 그 문을 통해 그것이 빠져나가게 할 수가 없다. 하지만 나는 있는 힘을 다해 열심히 연습한다.

먼저 나는 이렇게 아픈 몸이 불쾌하게 느껴진다는 사실에 깨어 있는 마음이 되도록 연습한다. 그런 다음 그 순간 나에게 가장 잘 맞는 거룩한 상태로 마음을 의식적으로 움직인다. 앞에서 설명한 자애 수행으로 옮겨 갈 수도 있고 이렇게 되뇌며 자비 수행으로 옮겨 갈 수도 있다.

"이렇게 아프다는 건 정말 힘든 일이야. 정체 모를 어떤 바이러스의 공격을 받는 느낌과 거기에 듣는 치료약을 찾을 수 없다는 건 힘든 일이야."

이런 말을 하면서 종종 한 손으로 다른 쪽 팔을 쓰다듬는다. 《틱낫한 스님의 금강경》에서 배운 수행과도 같다. 더러 마음이 평정심 수행을 하고 싶어 하면 이렇게 조용히 되뇐다.

"이것이 있는 그대로의 모습이야. 내 몸은 아파. 괜찮아. 이것이 다만 있는 그대로의 모습이야."

최근에 나는 다른 사람의 기쁨에 함께 기뻐하는 능력을 키웠다. 따라서 병에 따라오는 불쾌한 몸의 감각을 경험하면서 침대에 누워 있는 동안, 건강 상태가 좋은 사람들에 대해 행복을 느낀다.

실비아 부어스타인이 한 것과 똑같은 방식으로 다른 사람의 기쁨에 함께 기뻐하기도 한다. 집 앞에 있는 가족과 시간을 보낼 수 없을 때 불쾌한 기분이나 감정을 경험하면, 혐오나 그에 뒤따르는 불가피한 온갖 고통으로 옮겨 가는 대신 마음을 의식적으로 공감으로 바꾼다. 그들이 이런 시간을 함께 보낼 수 있음에 기뻐하며.

나는 고통의 바퀴를 자각하여 네 가지 거룩한 상태와 결합시키는 이 수행을 이용해서 가장 어려운 상황을 헤쳐 나가는 동안 도움을 받았다. 예를 들자면, 한번은 이틀 밤낮 동안 한숨도 자지 못한 적이 있었다. 불면증이 아니었다. 독감과 비슷한 불쾌감과 몸을 내리누를 듯이 심장을 쿵쾅거리게 하는 피로가 너무 심해서 몸이 잠들 수 없을 뿐이었다. 통증을 느끼는 사람이 잠을 자지 못하는 것과 비슷하다. 건강한 사람들은 며칠 밤 잠을 자지 못한 경우 낮 동안에 상태가 그다지 좋은 것은 아니지만 그래도 제 기능은 할 수 있다. 나는 잠을 잘 잤을 때만 약간 회복될 뿐이다. 그러므로 잠을 전혀 자지 못하는 것이 나에게 어떤 영향을 미칠지 상상할 수 있을 것이다.

이틀 밤 잠을 자지 못했을 때 예전과 같이 반응했다면 불쾌한 신체적 기분이 혐오로 그리고 그 뒤의 고통으로 직행했을 것이다. 잔뜩 좌절하고 내 몸에 화를 내며 침대 위에 누워 있었을 것이다. 그러나 그 대신 나는 의식적으로 마음을 거룩한 상태 중 한 가지로 움직이게 했다.

새벽 2시, 나는 자애를 불러오고 있었다.

'착한 내 몸, 잠을 자려고 이렇게 애쓰는구나.'

새벽 3시에는 자비였다.

'잠이 필요하지만 잠들지 못하는 상태로 침대에 누워 있는 건 참 힘든 일이야.'

새벽 4시에는 평정심이었다.

'이것이 있는 그대로의 모습이야. 내 몸은 지금 당장 잠들지 못하고 있어.'

그리고 셋째 날 밤, 나는 잠들었다.

불쾌한 기분이 혐오로 바뀌는 것을 방지하는 이런 수행을 했기 때문에 증상들이 이전보다 더 강해지는 것을 막을 수 있었다고 나는 확신한다. 그리고 마침내는 재발하는 일도 줄어들게 됐다고. 이 두 가지 불교 수행이 서로 협력하여 어려운 시간을 헤쳐 나가도록 도와준 것에 나는 무척 감사한다.

11
지푸라기를 황금 실로 바꾸는 수행

아 내가 입었던 그 승복은
이 풍진 세상에서
고통받는 사람들을
모두 거둘 만큼
넓고도 넓었다네.
다이구 료칸

*

통렌은 티베트 불교의 전통에서 나온 자비 수행이다. 그렇기는 하지만 위에 소개한 다이구 료칸(1758~1831, 일본의 승려)의 선시禪詩가 통렌의 본질을 잘 담아낸다고 생각한다. 물론 통렌과 선시는 둘 다 붓다의 본보기로부터 영감을 받은 것이다.

처음 병에 걸리고 얼마 지나지 않아 나는 다양한 영적 전통에서 나온 치유의 시디들을 수집했다. 그것들에는 모두 한 가지 공통점이 있었다. 치유의 힘을 가진 평화로운 생각과 영상을 '들이마시고' 몸과 마음의 고통을 '내쉬라는' 지시가 그것이었다. 그러나 통렌 수행에서는 그 지시가 완전히 반대되는 행동을 하는 것이었다. 통렌은 이 세상의 고통을 '들이마시고' 우리가 주어야 할 모든 친절, 평온, 자비를 '내쉰다'. 이것은 직관을 거스르는 수행이다. 비구니이자 불교 교사인 페마 최된(서양인 최초의 티베트 불교 승려)이 통렌은 에고의 논리를 역행한다고 말한 것은 이 때문이다.

통렌 수행은 11세기에 인도에서 티베트로 전해졌다. 통렌은 '마음 수련의 일곱 가지 요점'으로 알려진 일단의 가르침의 일부였는데, 자비의 길을 실천하기 위한 쉰아홉 가지 경구를 모은 것이었다. 그 경구에 통렌 수행에 대해서 다음과 같이 설명되어 있다.

"번갈아 가며 주고받는 훈련을 하라. 호흡에 그것들을 실으라."

이 두 문장이 많은 지침을 주는 것은 아니지만 수백 년 동안 이 경구는 다른 쉰여덟 가지와 마찬가지로 티베트 스승들이 풀이하기 무척 좋아하는 내용이 되었다. 최근의 해설은 특히 초감 트룽파(1939~1987, 티베트 불교 명상의 대가)와 딜고 켄체 린포체(1910~1991, 티베트의 영적 스승), 페마 최된의 저서에서 발견할 수 있다. 이 해설서들은 각 경구의 의미를 구체적으로 설명한다. 그리고 통렌의 풀이는 다음과 같다.

"다른 사람의 고통을 들이마시라. 친절과 평온과 자비를 내쉬라."

사실 우리는 앞에 소개한 거룩한 마음 상태를 내쉬고 있는 셈이다.

나는 아프기 전에 통렌 수행을 배웠지만 그다지 자주 사용하지는 않았다. 하지만 이제 그것은 나의 주요한 자비 수행이 되었다. 통렌과의 인연은 파리에서 병에 걸리고 6개월 뒤 일터로 돌아간 첫날 이루어졌다.

　모든 주변 사람들처럼 나 역시 일주일에 몇 번만 일을 계속하기에도 몸 상태가 그리 좋지 않다는 사실을 도저히 믿을 수가 없었다. 그러다 보니 학교에 다시 나가게 되었고, 토니는 수업 시작 30분 전에 나를 법대 정문 앞에 내려 주었다. 2002년 1월 둘째 주의 일이었다. 나는 한 층 위에 있는 내 연구실까지 엘리베이터를 타고 갔다. 2학년과 3학년에게 '부부 재산법'을 가르칠 예정이었다. 내 방 의자에 앉자마자 강의실까지 가기에는 몸이 너무 아프다는 사실을 알아차리게 되었다. 나는 공황 상태에 빠졌고 그리하여 연구실 소파에 드러눕고 말았다. 문득, 아픈데도 불구하고 매일 일을 하러 가야만 하는 수십만 명의 사람들에게로 생각이 미쳤다. 이들 중 상당수가 나보다 더 좋지 않은 조건 속에 있음을 깨닫게 되었다. 일을 하러 가지 않으면 그들은 집세를 낼 수 없거나 가족이 먹을 음식을 살 수 없을지도 모른다.

　나는 수십 년 동안 노동 인력에 속해 있었지만 아플 때도 어쩔 수 없이 일을 해야만 하는 사람들에 대해서는 미처 생각해 본 적이 없었다. 그 생각을 하면서 나는 그들의 고통을 들이마시기 시작했다. 나 자신도 아픈 사람이었으므로 이제 그것은 나의 고통까지도 포함했다. 그런 다음 나는 내가 주어야 할 친절과 평온과 자비를 내쉬었다. 그러자 놀랍게도 공황 상태가 가라앉았고 그것은 그 모든 사람들과 깊이 연결된 느낌으로 뒤바뀌었다. 그보다 훨씬 놀라운 것은 내쉬는 숨에 실어서 다른 이들에게 보낼 친절, 평온, 자비가 내 안에 여전히 존재한다는 사실을 깨달은 것이었다. 당시 나는 아플 만큼 아팠고 불과 10분

149

도 남지 않은 채 나를 기다리고 있는 일에 마음을 빼앗겨 있었음에도 불구하고.

몇 분 뒤 나는 소파에서 일어나 의자 하나를 들고 강의실로 가 20년 교수 생활 중 처음으로 앉아서 수업을 했다. 그다음 2년 반 동안 일주일에 몇 번 수업을 하면서 나는 학교의 내 연구실에서는 통렌을 이용했고 뒤이어 강의실에서는 주중 시간을 헤쳐 나가게 하는 아드레날린을 이용했다. 그렇게 줄곧 일하는 것이 나에게 미치는 파괴적인 효과는 토니만 확인할 수 있었다. 내가 차에서 내리면 침대로 곧장 직행하여 다음 수업 전까지 그곳에 머물렀기 때문이다. 그때를 생각하면 통렌과 내 연구실 소파를 마음속에서 떼 놓을 수가 없다. 그 두 가지가 없었더라면 과연 살아남을 수 있었을지 모르겠다.

학교로 돌아간 그 첫날 이후로 나는 통렌을 어느 때든 이용하기 시작했다. 병원에서 검사 결과를 기다리는 동안에도 이용했다. 그것은 오로지 나 자신의 병에만 초점을 맞추는 좁은 세계로부터 나를 꺼내 주었다. 그리고 검사 결과를 들으려고 근심스럽게 기다리고 있는, 병원에 들락거려야 하는 사람 모두와 나를 연결시켜 주었다. 통렌의 효과는 언제나 나를 놀라게 했다. 내가 아무리 걱정하고 있더라도 똑같은 상황에 처한 타인에게 내보낼 약간의 평온, 약간의 축복, 약간의 자비가 늘 내 안에 있었기 때문이다. 우리 자신 안의 자비 창고를 발견하는 것이 통렌 수행의 경이로움이었다. 서서히 검사 결과에 대한 나의 두려움은 줄어들었고, 세상이 나를 위해 그다음에 준비한 것을 보기 위해 나는 평정심을 가지고 기다릴 수 있었다.

통렌은 한 번에 두 가지를 할 수 있는 자비 수행이라는 점이 참 좋다. 정식 가르침은 다른 사람의 고통을 들이쉬고 친절과 평온과 자비를 내쉬라는 것이다. 그러나 이 수행을 반복하다 보면 우리가 자기 자신의 고통, 괴로움, 스트레스, 불편함과 연결되는 효과가 생긴다. 그러므로 모든 인간이 공유하는 어려움 때문에 다른 사람이 느끼고 있는 고통을 들이쉬는 동안 우리는 그 어려움으로 인한 자신의 고통 또한 들이쉬고 있다. 우리가 주어야 할 일정한 양의 친절과 평온과 자비를 내쉬는 동안 우리는 그 거룩한 상태를 자신에게도 보내고 있다. '모든' 존재가 거기에 포함된다.

그러나 내가 통렌 수행의 한계에 부딪힌 날이 찾아왔다. 병에 걸린 뒤 2년 반이 지난 추수감사절이었다. 나는 침대에 누워 가족들이 집 앞마당에서 웃고 이야기하는 소리를 들으면서 이 수행을 시도했다. 추수감사절에 가족과 한집에 있지만 그 즐거운 행사에 참석하기에는 너무도 아픈 모든 사람들의 슬픔과 비애를 들이쉬려고 노력했다. 그러나 그것은 무리였다. 눈물을 흘리지 않고는 모든 사람들의 고통을 견딜 수가 없었다. 그래서 나는 울고 말았다.

그러나 4년 뒤 비슷한 상황에서는 그 수행이 효과가 있었다. 이것은 통렌이 얼마나 천천히 그 마법의 효과를 나타내는지를 보여 주는 예이다. 나의 둘째 손녀 캠던 보디는 2007년 9월에 태어났다. 나는 손녀를 위해 환영 파티를 준비했다. 그러나 나중에야 깨닫게 되었지만 나는 거기에 참석할 수 없었다. 봄에 그것을 계획하기 시작했을 때는 1년으로 예정된 항바이러스제의 시험 치료 기간이 반 정도 지난 상태였고 그 치료는 효과가 있는 듯했다. 그러나 6개월 뒤 파티가 있던 날에는 내 몸이 너무도 아파서 한 시간 거리인 버클리까지도 외출할 수가 없었다. 그날 나는 침대에 누워서 손녀의 탄생을 축하하려고 모인 친구와 가족들을 생각했고 슬픔을 극복했다.

처음에는 그 축하 파티에 모인 사람들의 기쁨을 함께 느끼면서 공감 수행을 시도했다. 그것이 도움이 되긴 했지만 줄곧 슬픔이 느껴졌고 나는 낙담하게 되었다. 파티에 참석할 수 없다는 사실, 내가 즐거운 시간을 놓치고 있다는 생각, 다른 사람들을 실망시킨 것 같은 기분 때문이었다. 그래서 이번에는 통렌 수행으로 바꾸었다. 축하하려고 모인 특별한 날에 가족과 함께 있을 수 없는 모든 사람들의 고통을 나는 들이쉬었다. 그렇게 하면서 내가 나 자신의 슬픔과 비애도 들이쉬고 있음을 깨닫게 되었다. 하지만 추수감사절 때와는 달리 그 슬픔을 견딜 수가 있었다. 그것에 압도되지 않고 그것을 보살필 수 있었다. 그런 다음 친절과 평온, 자비를 그들과 나를 위해 내쉬었다. 그 모든 사람들과 연결된 느낌은 강력했고 내 마음을 움직였다.

다른 사람의 고통을 들이쉬는 것이 자신을 압도할지도 모른다는 두려움 때문에 통렌 시도를 주저한다면 당신만 그렇게 느끼는 것이 아니다. 바로 그 염려가 '영혼의 바위' 강연에서 제기되었을 때 생태철학자이자 불교학자인 조애나 메이시가 한 대답이 여기 있다. 우선 조애나 메이시는 다른 사람의 고통을 견딜 능력이 스스로가 상상하는 것보다 훨씬 크다는 사실로 그 질문을 던진 여성을 안심시켰다. 그런 다음 이렇게 말했다.

"세상의 모든 고통을 들이마셔서 그것을 정말로 줄일 수 있다면 당신은 그렇게 하지 않겠어요?"

물론 이것은 가정에 근거한 이야기이므로 통렌 수행의 효과에 대한 실제적인 평가는 아니다. 당연한 일이지만 때로 우리는 세상의 고통을 들이쉬는 것에 울면서 반응할지도 모른다. 그러나 그것은 자비로운 울음이다. 전적으로 합당한 반응이다. 그리고 우리가 들이쉬는 숨에 이 세상의 고통을 담아 두고 내쉬는 숨에 우리가 주어야 할 모든 친절과 평온과 자비를 내보낸다면 그 순간은 지푸라기를 황금 실로 탈바꿈시키는 것과도 같다.

12
자신의 삶과 있는 그대로의 모습으로 화해하기

나날의 삶에서
우리 생각의 99퍼센트가 자신을 향해 있다.
'나는 왜 고통을 겪는가? 나에게 왜 문제가 생기는가?'
스즈키 순류

*

병에 걸리기 몇 해 전 나는 캘리포니아 북부에서 아야 케마가 이끄는 명상 프로그램에 참가했었다. 그 명상 프로그램에서 아야 케마는 생각의 본성에 대해 강연했다. 내 기록에 따르면 그녀는 어느 순간 이렇게 말했다.

"생각들은 우리 주변의 공기처럼 다만 그곳에 있습니다. 생각들은 일어나곤 하지만 제멋대로이고 신뢰할 만하지 않습니다. 그것들 대부분은 그저 형편없지만 어쨌든 우리는 그것들을 믿습니다."

나는 그녀의 말을 마음속에 깊이 새겼고, 병에 걸리기 전까지 그 가르침을 적용하는 데 상당히 능숙해졌다. 특히 정식 수행 중에는 마음속에서 생각이 일어나는 것을 관찰하고 그것을 인격이 없는 에너지로 대하고 그것이 지나가도록 내버려 둘 수 있었다. 일어나는 생각의 내용을 내가 통제할 수 없음을 알게 되었고, 우리를 고통으로 이끄는 것은 그 내용이 아니라는 사실도 알게 되었다. 고통은 내가 그 생각을 '믿을' 때, 그 생각의 내용이 현실을 정확하게 반영한다고 믿을 때 생기는 것이었다. 예를 들어 '오늘 내 불법행위 수업은 잘 안될 거야'라는 생각이 그 수업이 별로 좋지 않으리라는 의미는 아님을 알게 되었다. '생각을 믿는다는 것'은 우리가 그것에 매달리면서 고통의 바퀴 위를 계속 돌고 도는 상황을 다르게 표현한 것이다.

파리 독감이 강타하기 전까지 나는 생각의 본성이 무엇인지, 어떤 상황에서 그것이 고통을 불러일으키는지 잘 이해하고 있었다. 그러나 나 자신을 하루 종일 병상에 밀어 넣고 나자 갑자기 내 생각들이 모두 인격을 가진 것처럼 보였다. 아야 케마가 말했듯 생각은 제멋대로이고 신뢰할 만하지 않다는 것을 알면서도 이제 그 모든 생각들이 다음과 같은 절대적 진리의 힘을 갖는다고 믿게 되었다.

'나는 다시는 기쁨을 느끼지 못할 거야.'

'어떤 의사도 나를 치료하고 싶어 하지 않아.'

'친구들은 모두 나를 저버렸어.'

'내가 토니의 인생을 망쳤어.'

생각과 고통은 이제 내 인생에서 손에 손잡고 나아가고 있었다.

고통에 압도될 때면 종종 그렇게 했듯이 이번에도 나는 붓다의 도움에 의지했다. 《법구경》이라는 조그만 책에 나오는 가장 유명한 경구하나가 내 마음속으로 들어왔다.

"생각으로 세상을 만든다."

내 생각이 나를 고통스럽게 세상을 살아가도록 만들었다. 그리고 그 생각들은 나를 옭아맸다. 내가 토니의 인생을 망치고 있고 다시는 기쁨을 느끼지 못하리라는 생각들이 사실이라고 믿었기 때문이다. 내 생각이 만드는 고통에 직면했을 때 나는 나에게 영감을 주는 교사 바이런 케이티(미국의 영적 교사. 심한 우울증에 시달리던 평범한 주부였다가 어느 날 새로운 깨달음을 얻었다. 《네 가지 질문》의 저자)의 도움을 받았다. 모두가 그녀를 케이티라고 부른다. 케이티는 '스트레스를 주는 생각'이라고 부르는 것의 타당성에 의문을 품으라고 권한다. 바이런 케이티의 책을 읽어 보고 홈페이지를 방문해 볼 것을 여러분에게 강력히 추천한다. 그녀는 다섯 단계로 이루어진 방법을 소개한다. '작업' 혹은 질문이라고 부르는 것을 이용해서, 우리가 어떠한 생각을 믿을 때 그것에 따라오는 고통을 보여 주는 방법이다. 붓다의 가르침과 더불어 바이런 케이티의 질문은 만성병의 어려움을 극복하는 데 도움이 된, 내가 발견한 가장 강력한 도구이다.

집 안에 묶인 몸이 되고 얼마 지나지 않아 나는 우정의 운명에 대해 걱정하기 시작했다. 친구들이 나를 찾아오지 않는 그럴 만한 이유를 살펴보는 대신 이런 생각을 되풀이했다.

'내 친구들은 날 보러 오는 걸 그만두면 안 돼.'

그 생각이 일어날 때마다 상처와 분노가 따라왔다. 그 한 가지 생각은 내 삶에 늘 존재하는 고통의 근원이 되었다.

질문 수행

바이런 케이티는 스트레스나 고통의 근원이 되는 생각의 타당성에 의문을 품는 방법을 우리에게 보여 준다.

첫 번째 단계에서는 그 생각이 사실인지 아닌지를 묻는다. 그 경우 나의 대답은 이러했다.

'그럼, 내 친구들이 날 보러 오는 걸 그만두면 안 되는 건 사실이지.'

두 번째 단계에서는 그것이 사실임을 우리가 확실하게 알 수 있는지 묻는다. 나는 여기에 대해서는 그다지 확신이 서지 않았다.

'그것이 사실인지 내가 '확실하게' 알 수 있나? 음, 아무래도 이 질문은 좀 더 살펴볼 필요가 있겠어……'

스트레스를 주는 생각의 타당성을 의심하는 데 있어 세 번째 단계는 그 생각을 믿을 때 우리가 어떻게 반응하는지 관찰하는 것이다. '내 친구들은 날 보러 오는 걸 그만두면 안 돼.'라는 생각을 믿었을 때 나는 분노로 반응했고 내 몸이 다친 것과 거의 마찬가지로 상처를 받았다.

네 번째 단계는 그 생각이 없다면 우리가 어떤 사람이 되겠는지를 명상하는 것이다. 나는 눈을 감고서 그 생각이 없다면 내가 어떤 사람이 될 것인지 상상했다.

'나는 나에게 펼쳐지는 대로 오늘 하루를 살 거야. 누가 나를 찾아올지 아닐지에만 초점을 맞추는 대신 오늘 하루가 나에게 무엇을 가져올지를 살펴볼 거야.'

'내 친구들은 날 보러 오는 걸 그만두면 안 돼.'라는 스트레스를 주는 생각이 없는 상태가 되자 나는 해방감을 느꼈다. 무거운 짐이 덜어진 느낌이었다. 우정의 운명을 끊임없이 걱정하는 짐이.

그다음은 다섯 번째 단계이다. 이것은 직관을 거스르는 단계이다. 이 단계에서 바이런 케이티는 우리에게 '뒤바꾸기'를 하도록 요청한다. '뒤바꾸기'는 스트레스를 주는 생각을 원래 표현과 정반대로 말하는 것이다. 그래서 나는 이렇게 말하려고 노력했다.

"내 친구들은 나를 보러 오는 걸 그만두어야 해."

처음 이 말을 접했을 때는 터무니없게 들렸다. 그러나 원래의 생각을 이런 식으로 뒤바꾸자 내 친구들이 나를 보러 오지 않는 데는 진정한 이유가 있음을 알게 되었다. 많은 사람들이 아픈 사람 주변에 있는 것을 불편해한다. 자신도 아프게 될까 봐 두려워하는 것일 수도 있다. 어쩌면 아픈 사람을 보는 것이 자신의 운명을 일깨워 주는지도 모른다. 나를 방문하면 나를 너무 힘들게 할까 봐 찾아오지 않는지도 모른다. 어쩌면 내가 집에 틀어박히고 나서는 자신들이 참여해 온 모든 즐거운 활동을 공유하는 것에 미안함을 느끼는지도 모른다. 게다가 사람들은 저마다 바쁜 일상에 매여 있다. 대개는 자기 가족과 보낼 시간조차 좀처럼 내기가 어렵다. 어쩌면 그들 자신의 건강에 문제가 있을 수도 있다. 더 이상 그들과 연락을 하지 않는데 내가 그 사실을 어찌 알겠는가?

뒤바꾸기 작업을 하자 예상치 못한 통찰 두 가지가 생겼다. 첫째, 왜 친구들이 찾아오지 않는지에 대해 가능성 있는 그 모든 이유를 만들어 내는 동안 처음으로 이런 생각이 들었다. 단지 나를 찾아오지 않거나 전화조차 하지 않는다고 해서 그들이 나에 대해 호의적인 생각을 하지 않는다거나 내가 나아지기를 바라지 않는 것은 아니라고. 지난 수년간 내가 연락할 수 있었음에도 하지 않은 아픈 사람들이 내 주변에 없었던가? 당연히 있다.

둘째, 친구들이 나를 보러 오지 않는 이유는 내 마음이 아닌 그들 마음속에서 일어나는 일임을 깨달았다. 나는 '나 자신'의 마음속에서 일어나는 생각도 통제할 수 없다. 그런데 친구들이 생각하는 것을 내가 통제할 수 있다고 어찌 감히 상상이나 할 수 있겠는가? 네 번째 단계에서, 스트레스를 주는 그 생각이 없다면 내가 어떤 사람이 될 것인지를 명상했을 때 무거운 짐이 덜어졌다고 느낀 것은 당연하다. 붓다가 말했듯이 우리는 생각으로 세상을 만든다. 나는 억울하고 분한 세상을 창조했었다.

바이런 케이티의 질문 수행을 하는 것은 나에게 이런 사실을 보여 주었다. 친구들이 왜 나를 보러 오지 않는지에 대해 개인적인 감정이 가득 담긴 이야기를 스스로 너무 많이 꾸며 냈고, 따라서 진정한 이유가 무엇인지 살펴보기 위해 멈추는 행동을 하지 않았다는 것이다. 내 고통의 근원은 친구들이 아니었다. 그들에 대해 품은 확인되지 않은 생각이 그 근원이었다. 내가 느낀 상처는 스스로 불러온 일임이 밝혀졌다. 이제 그것은 치유되기 시작할 수 있다. 나는 나를 보러 오지 않는다고 친구들을 비난하는 일을 그만두었고, 그들이 나에게 신경을 쓰지 않는다는 추측을 더 이상 하지 않게 되었다.

나는 바이런 케이티의 질문 수행을 항상 이용한다. 심지어 바이런 케이티를 생각하는 데서 나오는 스트레스가 풀처럼 달라붙었을 때에도 이용했다. 토니는 '영혼의 바위'에서 바이런 케이티의 일일 명상 강의에 참석할 계획이었다. 나는 바이런 케이티의 책과 그녀의 홈페이지에 올라온 비디오를 통해서 그녀를 개인적으로 아는 것처럼 느끼고 있었다. 그 홈페이지에서는 그녀가 사람들과 일대일로 대화하면서 '네 가지 질문과 뒤바꾸기'를 지도하는 것을 볼 수 있다.

그리하여 바이런 케이티가 제안한 것처럼 나는 나에게 그토록 많은 스트레스를 주고 있는 생각을 적어 보았다.

"나는 정말로 토요일에 '영혼의 바위'에 가서 바이런 케이티를 보고 싶다."

그런 다음 그 생각을 그녀가 말하는 다섯 가지 과정에 대입시켰다. 내가 가고 싶어 한다는 것은 사실이었다. 그뿐만 아니라 친구들이 나를 보러 오지 않는 경우와는 달리 이번에는 그것이 '전적인 사실'이라는 생각이 들었다. 바이런 케이티는 말한다. '그 생각이 사실인가? 그것이 사실인지 확실하게 알 수 있는가?'라는 이 두 질문으로 시작하는 것은 우리로 하여금 예와 아니오 중 어느 쪽이든 억지로 하나를 선택하게 만든다고. 그러면 마음이 우리의 반응을 방어하기 위해 어떻게 행동하는지 우리는 관찰할 수 있다.

'내가 '영혼의 바위'에 가고 싶어 하지 않을지도 모른다고 말하지 마. 나는 분명히 가고 싶어!'

그다음 세 번째 질문으로 옮겨 가서 '나는 정말로 토요일에 '영혼의 바위'에 가서 바이런 케이티를 보고 싶다.'라는 생각을 믿을 때 내가 어떻게 반응할지 질문했다. 나는 분노하고 억울해하며 반응했다. 마치 내가 불공평한 세상의 희생양인 것처럼 느껴졌다. 그러나 네 번째 단계로 넘어가서 그 생각이 없다면 내가 어떤 사람이 될 것인지를 질문하자, 나는 현재 순간을 사는 사람이 될 것임을 즉시 깨닫게 되었다. 때마침 그날은 토요일 명상 행사를 며칠 앞둔, 멋지게 일광욕을 즐길 수 있는 화요일이었다.

이 네 가지 질문 수행을 하는 것은 나에게 도움이 되었다. 그러나 흔히 일어나는 일이듯이, 마법과도 같은 뒤바꾸기에 이르기 전까지는 스트레스를 주는 생각이 지속되었다. 나는 그 생각을 '토요일에 바이런 케이티를 만나고 싶지 않아.'로 뒤바꾸었다. 그런 다음 바이런 케이티의 지시에 따라 그 뒤바꾸기가 사실일 수 있는 진정한 이유를 적어도 세 가지는 찾아보았다. 사실 나는 다섯 가지나 찾아냈다. 첫째, 그 여행에서 회복되는 데는 한 주 혹은 몇 주가 걸릴 수 있다. 둘째, 그 행사는 매우 붐빌 것이고 그러므로 편안하게 앉거나 누울 장소를 찾을 수 없을지도 모른다. 셋째, 그곳에 있던 사람으로부터 감기나 독감이 옮을지 모른다. 넷째, 바이런 케이티를 직접 보게 되면 컴퓨터에서 그녀의 비디오를 시청하면서 계속 발전할 수 있었던 것보다 질문 기술이 더 이상 발전하지 않을 수도 있다. 다섯째, 그녀를 직접 만나면 크게 실망할 수도 있다! 비디오에서 바이런 케이티가 다른 사람과 대화한 내용으로 판단하건대 그녀는 이 마지막 뒤바꾸기를 아주 좋아했을 것 같다.

글로 적힌 말의 힘 때문에 그녀는 우리에게 이것들을 직접 써 보라고 제안한다. 이 모든 것을 종이에 적은 뒤 나는 토요일 행사에 갈 수 없다는 사실에 완전히 만족하게 되었다. 나는 스트레스를 주는 생각을 내려놓았다. 그리고 그것은 그녀를 만나러 가는 토니를 바라보는 동안에도 다시 돌아오지 않았다.

어느 날은 커다란 고통의 근원인 한 가지 생각을 종이에 적어 보았다. 이 생각이 고통의 근원임은 충분히 이해할 수 있는 일이다.

'나는 아픈 것이 정말 싫다.'

그것은 사실이었고, 나는 이것이 '절대적인' 사실이라고 생각했다. 그러나 그 생각을 믿었을 때 나는 어떻게 반응했는가? 억울해하고, 불만을 느끼며, 세상에서 쫓겨난 듯이 반응했다. 그 생각이 없다면 나는 어떤 사람이 되겠는가? 창문 밖으로 보이는 다람쥐 꼬리에 햇빛이 아름답게 스치는 것을 감상하며 조용한 방 안의 편안한 침대에 누워 있는 여성일 것이다. 바이런 케이티는 말한다. 자신은 스트레스를 주는 생각을 그만하라고 말하는 것이 아니라고. 그 생각이 없다면 우리가 어떤 사람이 될지 알 수 있을 만큼 긴 시간 동안 충분히 그것을 놓아 버리라고 말하는 것이라고.

그런 다음 나는 생각을 뒤바꾸었다.

'나는 아픈 것이 정말 좋다.'

이 뒤바꾸기가 사실일 수 있는 진정한 이유 세 가지를 내가 생각해 낼 수 있을까? 그럴 수 없으리라 생각했지만 어쨌든 나는 펜 속의 잉크가 종이 위로 흘러나오도록 내버려 두었다. 그 작업을 모두 끝냈을 때 나는 열두 가지 이유를 생각해 냈다. 이것은 편집되지 않은, 내가 쓴 순서 그대로의 내용이다.

- 자명종을 끄지 않아도 된다.
- 함께 있기 싫은 사람들이나 행사를 피할 완벽한 구실이 생긴다.
- 토니와 우리 집 개 러스티와 함께 있을 시간이 많다.
- 10여 년 만에 처음으로 며느리 브릿짓을 매우 잘 알게 되었다.
- 삶이 상당히 고요하고 평화롭다.
- 교통 체증 속에 갇힐 일이 없다.
- 일해야 할 필요가 없다.
- 읽거나 공부해야 할 것이 전혀 없다.
- '해야 할 일' 목록이 아주 짧다.
- 하루 대부분을 계획하지 않아도 되니 여름에는 너무 더워지기 전까지 뒷마당에 누워 있을 수 있고 겨울에는 누워서 따뜻해질 때까지 기다릴 수 있다.
- 아프지 않았더라면 알지 못했을 몇몇 사람들을 만났다.
- 내가 아픈 상태로 집에 있었기 때문에 전에 기르던 개 위니는 혼자 집에 있을 수 없게 된 작년 이후로 일 년이나 더 살 수 있었다.

이 질문 수행을 한 이후로 '나는 아픈 것이 정말 싫다.'라는 생각을 다시는 믿지 않게 되었고, 그래서 고통받는 일도 없어졌다고는 말할 수 없다. 사실 나는 여러 차례 그렇게 했다. 이 작업은 스트레스를 주는 생각을 완전히 없애는 것이라기보다는 그 타당성을 점검하는 것이다. 그러나 '나는 아픈 것이 정말 싫다.'라는 생각에 대해 그날 내가 했던 작업은 바로 그곳 종이 위에 있고 그것을 다시 읽는 것은 언제나 도움이 된다.

그러다 마침내, 스트레스를 주는 이런 생각에 도전하는 날이 왔다.

'나는 아프다.'

'나는 아프지 않다.'라는 뒤바꾸기가 왜 사실인가를 말해 주는 진정한 이유의 개수에 놀랐다.

내 정신은 아프지 않다. 그러므로 이 질문 작업을 할 수 있다. 내 마음은 아프지 않다. 그러므로 사랑을 표현하고 다른 사람에게 도움을 줄 수 있다. 내 몸 전체가 아픈 것은 아니다. 그러므로 걸을 수 있고, 타자를 칠 수 있고, 새를 볼 수 있고, 베토벤의 음악을 들을 수 있다. 나는 그저 아픈 사람처럼 느끼지 않으면서 그 연습으로부터 빠져나왔다. 실제로 '나는 아프다.'라는 생각을 더 강하게 믿으면 믿을수록 더 아프게 느껴짐을 깨닫게 되었다.

바이런 케이티의 질문은 고통의 근원인 생각을 점검하는 체계적인 방법을 우리에게 제공함으로써 우리를 붓다의 두 번째 고귀한 진리로 인도한다. 고통의 근원은 욕망이라는 것이다. 스트레스를 주는 모든 생각의 이면에는 지금 이대로의 상황이 아닌 다른 상태로 존재하기를 바라는 욕망이 있다. 나는 친구들이 나를 보러 오기를 바랐다. 바이런 케이티를 만나기 위해 '영혼의 바위'에 가기를 바랐다. 아프지 않기를 바랐다. 이 '네 가지 질문과 뒤바꾸기'는 우리가 있는 그대로의 모습으로 우리의 삶과 화해하게 만드는 도구를 제공한다.

13
기억을 내려놓고 현재 순간에 깨어 있기

현재 순간에 머물 때 우리는
바로 눈앞에 있는 아름다움과 경이로움을 볼 수 있다.
갓 태어난 아기와 하늘에 떠오르는 태양을.
틱낫한

*

자신의 활동이 심각하게 제한될 만성병에 걸렸음을 처음 깨닫게 되면 사람들은 예전의 삶을 되찾기 위해 무슨 일이든 해 볼 것이다. 처방약과 동종요법 약물, 비밀리에 전해지는 정신 치료 요법, 영양 보충제, 심지어 산소실까지도. 파리 독감이 만성병으로 굳어졌을 때 나는 인터넷을 샅샅이 뒤져서 가능성 있는 치료법을 모두 찾아보았다. 나에게는 '거부반응이 일어난 보충제 상자'라 부르는 커다란 보관함이 있다.

인터넷을 검색하다가 알게 된 사실이 있다. 어떤 종교를 믿든 관계없이 명상 수행을 시작한 것이 자신이 시도해 본 일 중 가장 도움이 되는 단 하나의 치료였음을 많은 사람들이 발견한 것이었다. 그러므로 불교도든 불교도가 아니든 만성병 환자가 되면 많은 사람들이 명상에 의지한다. 그러나 이 독실한 불교도는 그것을 외면했다.

병이 났을 때 나의 10년간의 좌선 명상 수행은 확고하게 자리 잡은 상태였다. 나는 '들숨과 날숨에 깨어 있는 마음'이 되라는 마음챙김 수행의 전통적 지시에 따라 하루에 두 차례씩 45분간 명상 수련을 했다. 이 수련은 '호흡 쫓아가기'라고도 한다. 호흡을 하다가, 다음 날 끝마쳐야 하는 온갖 일들에 대한 생각으로 마음이 흩어지면 나는 호흡을 쫓아가는 일에 다시 부드럽게 집중했다. 그것은 마음챙김 명상 교사들이 알려 준 기본적인 가르침 중 하나였다. 그 가르침의 목적은 우리의 주의를 현재 순간의 경험으로 계속 되돌리는 것이었다.

나는 너무도 철저하게 이 수행을 고집했기 때문에 1996년 우리 딸이 결혼하는 날에도 하루 두 번의 정식 좌선 수행을 지키려고 무척 애를 썼고, 이것은 가족들이 나를 놀리기 위해 종종 기억해 내는 집안의 이야깃거리가 되었다. 딸 마라와 사위 브래드가 워싱턴 DC에 살고 있었음에도 결혼식은 마라가 자란 데이비스에서 올렸기 때문에 그 놀라운 일이 가능했다. 마라와 브래드는 결혼식 이틀 전에 데이비스에 도착했다. 나는 잔치를 치러 본 적이 없는 사람이었다. 토니와 나의 결혼식에는 열두 명의 손님만 참석했었다. 그러나 평소에 잔치를 치르지 않는 사람인 내가 이제 150여 명을 초대한 결혼식을 준비하고 있었다. 설명할 필요도 없이 나는 결혼식 날 내가 책임져야 할 일들에 압도당했다. 그러나 가족들은 알았다. 이날 어떤 일이 일어나더라도 엄마는 명상을 할 것이라고. 그것도 한 번도 아닌 두 번씩이나.

2001년 7월 '영혼의 바위' 명상 프로그램에서 나는 셋째 날 아침에 일어나 다른 형태의 파리 독감이 다시 돌아왔음을 깨달았고 그 사실을 명상 교사와의 그다음 면담 시간에 이야기했다. 내 몸이 아프기 때문에 명상하기가 어렵다는 사실을 알게 되었다고. 그러나 아플 때가 명상하기에 가장 좋은 시기라는 말만 들었다. 죽음에 다가갈 때를 준비시킬 것이기 때문이라고 했다. 나는 호흡을 쫓아가고 신체 감각이 생길 때 그것에 주목하기만 하면 되었다. 그래서 방으로 돌아와 침대에 누워 명상을 하려고 여러 번 시도했지만 몸으로 느껴지는 그 아픈 감각은 내가 함께하기에는 너무도 불쾌할 뿐이었다. 명상 프로그램에 참가하는 동안에도 그것을 할 수 없었다. 그리고 집으로 돌아온 뒤에는 가족 모두가 이제 나에게 확실하게 자리 잡은 명상이라고 생각했던 10년간의 마음챙김 명상 수행을 저버림으로써 온 가족을 놀라게 했다. 인터넷에서 만성병 환자에게 명상이 얼마나 도움이 되는지에 대해 읽을 때마다 나는 실패자처럼 느껴졌다. 그러나 명상을 시도할 때면 불편할 정도로 쿵쾅거리는 심장 소리와 몸을 으스러뜨릴 것 같은 피로가 나를 압도했다.

내가 마음챙김 명상을 다시 시작하기까지는 7년이 걸렸다. 틱낫한의 책들이 계기가 되었다. 그의 가르침은 정식 수행이든 아니든 현재 순간에 깨어 있는 것에 초점을 맞춘다. 틱낫한의 가르침을 좀 더 이야기하기 전에 '현재 순간에 깨어 있음'이 어떻게 고통을 줄일 수 있는가에 대해 설명하는 두 가지 수행을 알려 주고 싶다.

현재 순간에 깨어 있기 명상

그중 첫 번째 수행은 두 부분으로 되어 있는데 내가 '놓아 버리기'라고 이름 붙인 것이다.

마음을 현재 순간에서 떼어 내어 의식적으로 과거로 데려가는 것으로 시작한다. 자신을 탓하게 만든 일, 자신이 후회하는 일 혹은 자신을 슬프게 만든 일을 기억하는 것이다. 나에게 슬픈 기억이란 직업을 포기한 것이나 두 손녀딸의 생일 파티를 놓친 일일 것이다. 또한 시도해 본 것을 후회하는 치료법들도 있는데, 그것들을 기억하는 것은 스트레스로 가득한 생각을 불러일으켰다. '독성이 있을지도 모르는 그 항바이러스제를 아무 긍정적인 결과도 없이 일 년 동안 투약한 것 때문에 지금 내가 더 아픈 것은 아닐까?'와 같은 생각이다. 아픈 사람을 보살피는 사람에게는 그 기억이 여행일 수도 있다. 사랑하는 사람이 너무 아파서 함께 갈 수 없기에 취소할 수밖에 없었던.

이제 이 슬픈 기억 혹은 스트레스를 주는 기억을 마음속에 단단히 유지하고 있다가 다만 '놓아 버리라'.

아마도 수백만 분의 일 초 동안만 놓아 버릴 수 있을 것이다. 그러나 다만 놓아 버린 뒤 자신의 주의를 감각 기관을 통해 현재 입력되는 것으로 돌린다. 그것은 당신이 보거나 듣거나 냄새 맡는 것일 수도 있다. 발에 느껴지는 땅 위의 감촉이나 몸속으로 들어오고 나가는 호흡의 느낌일 수도 있다. 안도감을 느낄 수 있는가?

그렇지 않다면 그 수행을 다시 해 보라. 수행을 하다 보면 '놓아 버리라'는 명령에 의해 그 기억은 사라지고 거기에 뒤따라오던 고통도 사라졌음을 알게 될 것이다. 마음을 현재 순간에 두면 새가 지저귀는 소리를 듣게 되거나 몸에 닿는 산들바람의 감각을 느끼게 되거나 벽의 아름다운 무늬를 보게 되거나 부엌에서 무엇인가를 요리하는 냄새를 맡을 수 있다. 이 장의 도입부에 있는 경구에서 틱낫한이 말하듯이 '현재 순간에 머물 때 우리는 바로 눈앞에 있는 아름다움과 경이로움을 볼 수 있다.' 이 수행에 성공하지 못했다면 그 기억에 집중할 때 눈을 감고 시도해 보라. 그런 다음 그 기억을 놓아 버리면서 눈을 뜨고는 현재 순간에 감각 기관을 통해 입력되는 어떤 것에든 주의를 기울이라.

이제 이 수행의 두 번째 부분으로 옮겨 가 보자. 걱정이 되거나 스트레스 혹은 불안의 근원이 되는 '미래'의 어떤 것을 생각함으로써 현재 순간으로부터 마음을 의식적으로 떼어 놓는다. 그 생각은 개인적인 것일 수도 있고 이 세상의 미래에 대한 것일 수도 있다. 나에게는 엄청난 스트레스의 근원이며 지금까지도 되풀이되는 생각이 하나 있다. 토니가 아프거나 사고를 당하여 병원에 갔을 때 그 옆에 내가 필요할지도 모른다는 두려움이 그것이다. 의사들을 대하고 토니를 간호해야 하는데 그 일들은 내가 할 수 없는 것들이다.

나는 이 두려움을 인정하고 싶지도 않을 만큼 자주 떠올린다. 그러나 그때 나는 이렇게 한다. 첫째, 그 두려움에 이름을 붙임으로써 그것이 존재함을 인정한다.

'아 그래, 내 오랜 친구인, 병원에 갈 것 같은 불안감.'

그런 다음 그렇게 떠오른 생각을 다만 놓아 버린다. 그리고 나의 주의를 시각이나 청각, 후각이나 촉각으로 돌린다. 꼬리를 물고 이어지는 미래에 대한 생각을 놓아 버릴 때마다 나는 현재 순간 속에서 휴식하고, 그러면 그 생각에 따라오는 두려움과 고통은 무거운 짐을 덜어 버린 듯 사라진다. 나는 그 생각이 또다시 돌아올 것임을 알고 있다. 하지만 그것이 다시 오면 어떻게 해야 하는지도 알고 있다. 나는 미래에 대한 스트레스에 관해 마크 트웨인(미국의 소설가. 《톰 소여의 모험》과 《허클베리 핀》의 저자)이 남긴 말을 좋아한다.

"나는 긴 인생을 살았고 어려운 시절을 많이 보았지만 (중략) 그것들 중 대부분은 절대로 일어나지 않았다."

요약하자면 이 수행은 이러하다.

스트레스를 주는 기억이 있는 시기로 마음을 다시 가져간 후 놓아 버린다.

스트레스를 주는 생각의 시기로 마음을 앞으로 가져간 후 놓아 버린다.

당신은 현재 순간에 남겨진다. 그 순간에 육체적 고통이나 불편함이 따라온다고 해도 그 불편한 상태에서 파도처럼 그것을 타면서 휴식하는 것이 훨씬 쉬워질 것이다. 당신은 과거나 미래에 대한 생각에 뒤따라오는 정신적 고통을 현재의 고통에 더함으로써 그것을 더 악화시키지는 않을 것이기 때문이다. 과거와 미래에 대한 생각이란 예를 들면 '어제는 그렇게 무리를 하지 말았어야 해.' 혹은 '이 고통이 결코 사라지지 않을까 봐 두려워.'이다. 내 마음이 과거와 미래의 고통의 땅을 배회할 것임을 안다. 하지만 단순히 '놓아 버림'으로써 그것을 현재 순간으로 되돌릴 수 있음도 안다.

얼마 전, 스트레스를 주는 과거와 미래에 대한 생각이 나를 압도했을 때 이 수행을 이용했다. 돌이켜 보면 그 상황은 상당히 일상적인 것이었다. 그것은 토니가 한 달간의 명상 프로그램에 참석하러 떠난 뒤에 내가 발목을 부러뜨렸을 때와 관련이 있다. 그 후 발목은 다 나았지만 발가락과 그 아래 발바닥 부분이 불편할 정도로 부어서 얼얼한 느낌이 계속 남아 있었다. 내 주치의는 발을 전문적으로 치료하는 의사에게 나를 보냈다. 나는 생각했다.

'이건 특별한 사건이네. 내 만성병과는 아무 관계없이 의사를 만나러 가는 거로군!'

토니는 그 시간에 다른 할 일이 있었고 그 발 전문 병원은 집에서 겨우 일 킬로미터 떨어져 있었기에 나는 2시 반 진료 시간에 맞춰 차를 몰았다.

3시 무렵 나는 검사실 의자에 앉아 있었다. 그러나 내 마음은 지나간 30분에 대한 불만과 미래에 대한 짜증들의 목록으로 돌 지경이었다. 첫째, 전화로 진료 예약을 잡아 준 사람은 병원으로 오는 길을 잘못 알려 주었다. 그리하여 나는 10분 동안 제자리를 계속 맴돌면서 진료에 늦지는 않을까 걱정을 했다. 둘째, 병원 위치를 찾은 뒤에는 20분이 넘도록 대기실 의자에 앉아 있어야만 했다. 셋째, 나를 검사실로 안내한 사람은 지금 의사가 다른 환자를 보고 있으며 내 앞에 온 환자도 한 사람 더 있다고 했다. 넷째, 그 특별한 발 전문 병원 검사실의 의자는 마치 나에게 불편함을 주기 위해 설계된 듯했다.

나는 지나간 30분에 대해 분노를 느꼈고, 의사가 들어올 때까지 대체 얼마나 걸릴지를 생각하며 미래에 대해 짜증을 느꼈다. 그러다가 눈을 감고 깊은숨을 쉬며 이렇게 조용히 말했다.

"놓아 버려라."

그 두 단어가 만들어 낸 틈 사이로, 지금 앉아 있는 이 방에 대해 내가 아무것도 모른다는 생각이 일어났다. 눈을 떠서 방 안을 유심히 살펴볼까 하는 생각이 떠올랐다. 벽은 무슨 색깔이었지? 이 방에도 가짜 천장이 있었나? 법대 연구실 소파에 누워 있으면서 아주 잘 알게 된 그 가짜 천장과 똑같은 종류가. 이 의자에서 두 눈으로 내 발을 검사하려면 의사는 내 주변에 어떤 도구를 놓게 될까? 벽에는 그림이 걸려 있었나? 이 방에 창문은 있었나?

나는 눈을 떠서 그 공간을 깨어 있는 마음으로 탐험하기 시작했다. 그렇게 하다 보니 분노와 짜증이 가라앉았다. 사실 나는 이 탐험에 완전히 몰입하게 되어 의사가 들어오자 너무 일찍 왔다고 느낄 정도였다. 벽에 걸린 콜라주(종이나 사진 등을 붙여서 만든 작품)의 세부적인 모양을 미처 다 검토하지 못했기 때문이다!

이 수행은 정식 명상 수행을 배울 때 얻은 가르침을 변형한 것이다. 들숨과 날숨에 깨어 있는 상태로부터 마음이 멀어져 떠다닐 때, 호흡의 느낌을 자각하는 것에 부드럽게 집중하라는 말을 듣게 된다. 몸속으로 들어왔다 나가는 호흡의 육체적 느낌을 자각하는 것으로부터 마음이 멀어질 때도 마찬가지다. 그러한 마음의 방황은 과거나 미래에 대한 생각으로 우리를 데려가고, 그 생각들은 종종 고통의 근원이 된다. 그러나 호흡의 실제 감각은 현재 순간에 존재하고 있다. 명상 프로그램에서 명상을 하며 앉아 있는 동안 조지프 골드스타인은 때때로 조용히 그러나 단호하게 성가신 생각에게 말하곤 했다. "지금은 아니야." 그런 다음 그는 자신의 호흡을 쫓아가는 것으로 돌아갔다. 그것은 내가 정식 수행 이외에 사용하는 놓아 버리기 수행과 비슷하다.

딸 마라로부터 나는 '놓아 버리기'와 비슷한 놀라운 수행을 배웠다. 그것은 바이런 케이티에게서 나온 것이다. 마라는 2008년에 라디오 프로그램 〈오프라와 친구들〉에서 오프라 윈프리(미국의 여성 방송인)가 바이런 케이티를 인터뷰한 내용을 듣고 있었다. 바이런 케이티는 자신의 딸에 대한 이야기를 나누고 있었다. 몇 해 전 그녀의 딸은 술과 마약으로 인한 문제를 겪고 있었다. 그녀의 딸은 차를 몰고 밤에 외출했다가 새벽녘에나 돌아오곤 했고, 바이런 케이티는 딸이 돌아오기를 집안에 앉아 기다리곤 했다. 시간이 늦어질수록 바이런 케이티의 생각은 더욱더 스트레스로 변해 갔다. 딸이 강간당했을 것이라고 그녀는 상상했다. 자동차 사고가 나서 죽었거나 아무도 도와주는 이 없는 상태에서 다친 몸으로 고통을 느끼며 길바닥에 누워 있을 것이라고 상상했다. 그러던 어느 날 아침, 그 생각이 다시 들자 바이런 케이티는 깨닫게 되었다. 확실하게 말할 수 있는 단 한 가지 사실은 이것이라고.

'의자에 앉아서 사랑하는 딸을 기다리는 여인.'

마라는 이 이야기를 듣고서 그 말 속에 보석이 담겨 있음을 알게 되었다. 왜냐하면 마라는 바이런 케이티의 말을 나름대로 변형시켜 사용했고, 그럼으로써 스트레스를 주는 생각과 원인을 그 순간 자신의 마음으로부터 해방시켰기 때문이다. 사실 마라는 이 이야기를 나와 우연히 나누게 되었다. 그 전날 마라는 몸과 마음의 스트레스가 특히 많았던 하루를 보냈기 때문이다. 아홉 살 된 멀리아를 치과로 급히 데리고 가야 한 것은 그중에서도 절정이었다. 그날 밤 마라가 침대에 누워 책을 읽으려고 할 때, 스트레스로 가득했던 그날 하루에 대한 생각이 마음속에서 계속 맴돌았다고 한다. 마치 거듭해서 그날을 다시 살고 있는 것같이. 우리 모두는 이런 경험을 한 적이 있다. 그렇지 않은가? 그러다가 마라는 자기 자신에게 말했다.

"침대에 누워 책을 읽는 여인."

갑자기 마라는 다만 침대에 누워 책을 읽는 여인이 되었다! 마라는 자신을 과거로부터 현재 순간으로 데려왔다. 바이런 케이티가 미래에 대한 생각—딸에 대해 꾸미고 있던 온갖 끔찍한 시나리오—으로부터 '의자에서 앉아서 사랑하는 딸을 기다리는 여인'이라는 현재 순간으로 자신을 데려온 것처럼.

마라와 이 이야기를 나눈 다음 날, 나는 스트레스로 가득했던 전날에 대한 생각을 줄곧 반복하는 일에 사로잡혀 있는 나 자신을 발견했다. 나를 보러 들른 친구와 시간을 더 잘 조절하여 함께 보내지 못한 것을 두고 스스로를 탓했었다. 물론 과도한 사교 활동이 우리 증상에 미치는 영향을 조사해 보는 것이 나쁜 생각이라고 할 수는 없지만 자책을 하거나 이미 일어난 일에 죄책감을 느끼는 것은 건설적인 행동이 아니다.

'오늘 이렇게 통증을 느끼는 건 내 잘못이야.'

나는 그 생각을 여러 번 했고, 열몇 번째로 그 생각을 하게 되자 고개를 들어 화장실 세면대 위 거울에 비친 얼굴을 바라보며 말했다.

"의자에 앉아서 이를 닦는 여인."

그것은 마법의 순간이었으며, 나를 붙잡고 있던 스트레스가 떨어져 나가게 만들었다. 혹시나 해서 나는 확실하게 알 수 있는 단 하나의 진실인 '의자에 앉아서 이를 닦는 여인'을 반복했다. '단 하나의 진실'이란 바이런 케이티가 사용하는 말이다. 그리고 나는 미소 지었다. 현재 순간에 존재하는 것이 정말로 큰 안도감을 주었기 때문이다!

베트남 출신의 선승 틱낫한은 정식 명상 수행법을 가르치지만, 이를 닦거나 침대를 정리하거나 설거지와 같은 활동을 하는 동안 현재 순간에 계속 깨어 있으라는 것도 그만큼 강조한다. 《거기서 그것과 하나 되시게 The Miracle of Mindfulness》에서 그는 마음챙김 수행 몇 가지를 소개한다. 이들 중 상당수는 '엷은 미소'라는 가르침으로 시작한다. 그 자체로도 하나의 훌륭한 수행이다. 엷은 미소를 지어 본 다음 몸과 마음이 어떻게 곧바로 이완되는지, 어떻게 평온한 느낌이 일어나는지 살펴본다. 당신 자신의 삶에도 쉽게 적용할 수 있는 틱낫한의 마음챙김 수행 두 가지는 다음과 같다.

음악을 듣는 동안 엷은 미소 짓기

2~3분 동안 음악 한 곡에 귀를 기울이십시오. 노랫말, 음향, 리듬, 감정에 주의를 기울이십시오. 들숨과 날숨을 관찰하면서 미소를 지으십시오.

차를 준비하는 동안 깨어 있기

찻주전자를 준비하십시오. 모든 행동을 깨어 있는 마음으로 천천히 하십시오. 작은 행동 하나라도 그것을 깨어 있는 마음으로 자각하지 않는다면 행하지 마십시오. 손이 찻주전자의 손잡이를 잡아서 들어 올리고 있음을 알아차리십시오. 향기롭고 따뜻한 차를 찻잔에 따르고 있음을 알아차리십시오. 그 이후의 모든 단계를 깨어 있는 마음으로 하십시오. 부드럽게 평소보다 더 깊이 숨을 쉬십시오. 마음이 산만해지면 호흡을 붙잡으십시오.

아프기 전에는 '정식' 명상 수행이 내 생활에서 그토록 중요한 일부였음에도 나는 그것을 다시 시작할 방도를 아직까지도 찾지 못했다. 그럼에도 나는 이 책에 나온 수행법들을 매일 연습한다. 더 이상 정식 자세로 '앉아' 있을 수 없다는 사실로부터 때때로 부정적인 자기 판단이 생겨났을 때 그 생각을 변화시키려고 노력할 때도 마찬가지다. 그러나 '놓아 버리기' 수행과 바이런 케이티의 가르침, 그리고 현재 순간에 깨어 있으라는 틱낫한의 가르침을 이용하면 마음챙김 수행이 내 삶의 중요한 일부로 유지된다.

건강과 몸 상태가 허락한다면 정식으로 마음챙김 명상을 해 볼 것을 여러분에게 권하고 싶다. 명상 방법은 인터넷이나 책에서 찾을 수 있다. 틱낫한은 《거기서 그것과 하나 되시게》에서 가르침을 전하고 있다. 조지프 골드스타인의 《통찰의 체험*The Experience of Insight*》과 반테 헤네폴라 구나라타나(스리랑카의 승려)의 《가장 손쉬운 깨달음의 길

Mindfulness in Plain English》도 추천한다.

영적인 분야에 마음이 끌리지 않는다면 존 카바트 진 교수의 책들을 살펴보면 된다. 그는 전통 불교의 마음챙김 명상을 받아들인 선구자이며 그것을 대중적인 수행으로 탈바꿈시켰다. 매사추세츠 주립대학교 의과대학에 '의학, 건강, 사회를 위한 마음챙김 센터'를 설립했고, 스트레스를 줄이고 다양한 질병의 치료 효과를 개선하기 위해 마음챙김 명상을 이용하는 방법에 대해 여러 권의 책을 썼다.

몸의 통증이나 불편함이 명상에 장애가 된다면 해설이 있는 오디오 명상법을 해 보기 바란다. 해설자의 음성을 듣고 있기 때문에 당신의 마음은 몸의 감각에만 집중하는 것 이외에도 해야 할 다른 일을 갖게 된다. 설령 그 명상이 몸에 초점을 맞추는 것이라 할지라도 목소리의 안내를 받다 보면 그 감각을 느끼면서 좀 더 쉽게 긴장을 풀게 된다. 스트레스를 주는 생각을 보탬으로써 생기는 불편함을 더 악화시키지 않으면서.

실비아 부어스타인이 《행복은 내부 작업》에서 사용했던 문구이자 우리와 함께 나눈 기도로 이 장을 마치고자 한다. 깨어 있음과 자애가 어찌하여 수행에서 짝을 이루는지 설명하면서 그녀는 말했다.

"내 마음이 자애롭지 않으면 주저함이나 숨김 없이 매 순간의 경험에 마음을 열고 진정으로 깨어 있을 수 없다."

나아가 그녀는 당신이 여러 차례 반복할 수 있는 염원 기도를 제시한다.

"내가 이 순간을 온전히 만나기를. 그것을 친구로 만나기를."

14
아무것도 할 수 없을 때 무엇을 할 수 있는가

오늘도 여느 날처럼 공허하고 두려운 마음으로 잠에서 깬다.
배움을 향한 문도 열지 말고 책 읽기도 시작하지 마라.
악기는 저쪽으로 치워라.
우리가 사랑하는 아름다움이 우리가 하는 일이 되게 하라.
무릎을 꿇고 땅에 입을 맞추는 방법에는 백 가지가 있으니.
잘랄루딘 루미

*

고통을 줄이는 법이나 마음속 고통을 끝내는 법을 가르치면서 붓다는 여덟 가지 바른길을 제시했다. 이것은 앞에서 내가 간단히 설명한 내용이다. 무신경하거나 상처가 되는 말을 다루는 법에서 우리는 지혜로운 대화법(바른 말)을 배우는 것에 대해 이야기했다. 이것은 뒤에서도 다시 다룰 예정이다. 그러나 그보다 먼저, 여덟 가지 바른길 중에서 다른 수행법 한 가지를 살펴볼 필요가 있다. 현명한 행동(바른 행동)이 그것이다. 이것은 자신을 보살피는 방법에 대해 만성병 환자에게 많은 것을 가르쳐 준다. 간단히 말하면, 자신을 고통의 끝으로 이끄는 행동은 발달시킬 필요가 있고 고통을 증가하거나 커지게 하는 행동은 피해야 한다는 것이다. 따라서 현명한 '비활동'이란 우리 상태를 더 악화하는 행동에 참여하지 않는 것으로 생각할 수 있다.

병에 걸린 뒤 나는 현명한 비활동을 실천하는 일이 얼마나 중요한지 하지만 얼마나 어려운지 알게 되었다. 우리의 도전 과제는 증상을 악화하는 행동을 피하는 것이다. 증상 악화는 육체적으로도 정신적으로도 고통을 일으키기 때문이다. 때로는 그 고통이 너무 심해서 나는 절망 속에 흐느끼며 주저앉았고 고통으로 가득 차 완전히 무너져 내렸다. 이런 일은 빈번히 발생했지만 고맙게도 이제는 잘 일어나지 않는다. 내가 무너져 내리면 토니가 힘들어할 뿐 아니라 내 몸이 훨씬 더 아프게 느껴졌다.

확실히, 집 안에 묶여 있는 환자들은 거주지 밖으로 나가는 행동을 내려놓아야만 한다. 육체적으로 내가 외출을 할 수 없는 것은 아니다. 하지만 그 결과로 인한 증상의 악화는 그 외출을 그럴 만한 가치가 있는 것으로 만드는 경우가 거의 없다. 그러나 집과 마당에 갇혀 있을 때조차도 무리한 행동을 피하려면 엄청난 훈련이 필요하다. 지금도 나는 일생 동안 길들여진 습관에서 벗어나기 위해 노력하고 있다. 그것은 우리 집이 최상의 상태로 보이도록 만들어야만 가족들의 생활의 질이 유지되리라고 믿는 것이다. 창문을 깨끗하게 유지하는 것, 가구 표면의 먼지를 닦는 것, 현관 입구의 나뭇잎을 치우는 것은 고통을 키우는 행동이 되었다. 예상치도 못했는데 갑작스럽게. 이제는 지혜롭지 않은 행동 범주에 속하는 일을 하지 않기 위해 나는 매일 굳은 결심을 해야 한다. 그러나 언제나 성공하는 것은 아니다. 나는 고바야시 잇사(1763~1827, 일본 에도 시대의 시인)의 하이쿠(전체 17음으로 구성되는 일본 고유의 시)를 침대 가까이에 걸어 두었다. 그 하이쿠는 생명체에게 해를 입히지 말자는 내용이지만, 나는 내려놓기를 상기시키는 도구로 그것을 이용한다.

걱정 마라 거미야
나는 집을
가끔씩만 치우니까

중도

행동이 이토록 심하게 제약을 받는데도 불구하고 무언가를 이루는 훌륭한 삶을 우리가 살 수 있을까? 만성병으로 인한 제약에도 불구하고 고통을 줄이는 행동이라는 것이 있을까?

현명한 행동은 예전에 할 수 있던 일과 그것 대신으로 아무 일도 하지 않기 사이에서 중도를 찾는 데 놓여 있음을 알게 되었다. 아무 일도 하지 않기는 증상이 악화될 것이라는 두려움이나 우리가 인식하는 불행에 대한 분노에서 비롯되는 것이다. 이제 우리의 도전 과제는 '중도'를 찾는 것이다. 너무 많음과 너무 적음 사이에서 균형을 찾는 일이다.

《아잔 차 스님의 오두막》에서 아잔 차는 자신이 가르치는 방법에 대해 이야기한다. 나는 나의 새로운 제약을 고려했을 때 무엇이 현명한 행동인지 결정하는 지침으로 그의 말을 이용한다.

그것은 마치 내가 잘 아는 길을 사람들이 걸어가는 모습을 지켜 보는 것과 같습니다. 그들에게는 그 길이 낯설 것입니다. 나는 그들 을 바라보다가 누군가 길 오른편 도랑에 막 빠지려는 것을 알게 됩 니다. 그래서 그에게 소리칩니다.

"왼쪽으로, 왼쪽으로 가세요!"

마찬가지로, 다른 사람이 왼쪽 도랑에 막 빠지려는 것을 보면 "오 른쪽으로, 오른쪽으로 가세요!"라고 소리칩니다. 이 정도가 내 가르 침입니다. 당신이 어떤 극단적인 상황에 집착하든 나는 이렇게 말합 니다.

"그것도 내려놓으세요."

왼쪽으로 내려놓고, 오른쪽으로 내려놓으십시오. 중앙으로 돌아 오십시오. 그러면 진정한 진리에 이르게 될 것입니다.

그러므로 만성병 환자에게 있어 현명한 행동의 핵심은 극단을 피하 는 것이다. 만약 우리가 한쪽 방향으로 너무 멀리 벗어나서 예전과 같 은 힘과 육체적 능력이 있는 것처럼 생각한다면 며칠 동안 우리를 침 대에 누워 있게 만들 무리한 행동을 할 위험이 있다. 그러나 반대쪽 방 향으로 너무 멀리 벗어나서, 예를 들어 처음 병에 걸렸을 때 내가 일곱 달 동안 그랬듯이 배 속 아기와 같은 자세로 침대에 누워만 있으면 절망에 빠지게 될 위험이 있다. 또 다른 극단인 것이다. 이 중 어느 것이든 우리의 고통뿐 아니라 우리를 보살피는 사람의 고통까지 크게 만든다. 따라서 이것은 현명한 행동이라고 볼 수 없다. 도전 과제는 이 두 극단에서 중도를 찾는 것이다.

한 번에 한 가지씩

현명한 행동에 대한 또 다른 지침은 한국 선불교의 숭산(1927~2004, 한국 선불교를 세계에 알린 승려)으로부터 나온다. 그것은 내가 침대 위에서 현명한 행동을 해 보려고 할 때 중요하게 여기는 가르침이다.

"책을 읽을 때는 책만 읽어라. 밥을 먹을 때는 밥만 먹어라. 생각을 할 때는 생각만 해라."

즉 '여러 가지를 동시에 하지 마라!'라는 뜻이다. 감각 기관을 통한 입력이 너무 많아지면 증상이 악화되는 만성병 환자들에게 특히 유용한 조언이다. 여러 가지를 동시에 하는 습관을 깨려면 많은 훈련이 필요하다. 이때 마음챙김 수행이 도움이 된다. 왜냐하면 의식적으로 현재 순간에 주의를 집중하지 않는다면, 여러 가지 일을 동시에 하고 있다는 사실을 알아차리지도 못한 상태에서 그렇게 하고 있는 자신을 발견할 것이기 때문이다.

도와주세요!

만성병 환자를 보살피는 사람들도 이 예상치 못한 새로운 삶의 변화에 의해 '행동'이 바뀔 수밖에 없음을 깨닫게 된다. 그들이 만성병 환자의 배우자든 연인이든 자식이든 부모든 관계없이, 기쁨의 원천이던 바깥 활동이 급격히 줄어들 수 있다. 자신의 보살핌이 필요한 사람을 돌보기 위해 집에 머물러야만 하기 때문이다. 그러나 집에서조차, 사랑하는 사람의 병 때문에 그 사람과 함께 시간을 보낼 가능성이 심하게 제한될 수 있다.

만성병 환자를 보살피는 사람들이 "도와주세요! 당신이 더 나아지도록 도움을 주려면 무엇을 해야 할지 도대체 모르겠어요."라고 소리를 내어 혹은 마음속으로 외칠 때 좌절의 순간을 경험한다는 것은 놀라운 사실이 아니다. 그 난관은 이 장의 제목에 표현된 주제로 나를 다시 데려간다. 그리고 그 질문은 이것이 된다.

"만성병 환자를 보살피는 사람은 사랑하는 사람을 위해 아무것도 할 수 없을 때 혹은 아무것도 할 수 없는 것처럼 보일 때 무엇을 할 수 있을까?"

우리 집에서는 이런 일이 일어났다.

병에 걸리고 난 얼마 뒤 나는 매일 저녁 토니가 침대로 가져오는 식사에 변화가 생겼음을 알아차렸다. 갑자기 나는 미식가를 위한 요리를 제공받고 있었다. 음식 맛도 대단했을 뿐 아니라 눈에 보기에도 미학적인 아름다움이 있었다. 다양한 질감과 색깔로 된 음식을 넣으려고 토니는 무척이나 신경을 쓴 것이다. 그 식사를 고대하는 것이 하루 중 가장 중요한 일이 되었다. 토니에게 물어보지는 않았지만 자신이 내 병을 고칠 수 없음을 깨달았기 때문에 이런 행동을 시작한 것이리라고 추측했다. 열두 명의 의사도 나를 고칠 수 없는데 어찌 토니가 그렇게 할 수 있겠는가? 그러나 그것은 내 삶의 질을 높이기 위해 토니가 '할 수 있는' 일이었다.

사랑하는 사람의 병을 고치는 데 무력해도 당신이 '할 수 있는' 현명한 행동, 다정하고 너그러운 행동은 존재한다. 요리를 하거나 마사지를 해 주거나 소리 내어 책을 읽어 주는 것이 그러하다. 나는 나의 경험으로부터 이렇게 말할 수 있다. 그 작은 행동들이 만성병 환자의 기분을 좋게 할 수 있다고. 그리고 그렇게 함으로써 환자를 보살피는 사람의 기분도 좋아질 것이라고.

15
아픈 몸이 붓다이다

모든 것이
다만 있는 그대로,
있는 그대로,
그대로.
꽃은 피어나고
더할 것은 아무것도 없다.
로버트 아이트켄

*

나는 선불교를 공부하는 사람은 아니지만 선사들의 가르침과 그 풀이를 읽는 것을 아주 좋아한다. 내 병과 함께 행복하게 살아가도록 선은 세 가지 방식으로 내게 도움을 주었다. 이것들은 모두 내 수행의 일부가 되었다.

첫째, 선은 독특한 능력을 지니고 있어서, 세상을 인식하는 기존의 방식에서 벗어나도록 마음을 일깨운다. 나 자신의 생각에 참신한 시각을 제공하기 위해 혹은 나 자신을 생각 너머로 완전히 인도하기 위해 나는 선에 의지할 수 있다. 둘째, 선의 가르침의 핵심은 우리가 확실하게 아는 것이 얼마나 적은가에 중점을 둔다. 이것은 내가 일생 동안 가정해 온 것들에 의문을 품게 한다. 그뿐만 아니라 앞으로 내 인생과 내 병에 무슨 일이 생길지 예측하려는 부질없는 짓을 그만두라고 일깨우는 역할도 한다. 모든 것을 다 알아야 한다는 부담이 덜어지는 것은 해방감을 느끼게 한다! 마지막으로, 선사들은 종종 시의 형태로 가르침을 전한다. 소엔 나카가와(1907~1984, 일본의 승려)의 이 시가 말해 주듯, 선시는 새로운 눈을 통해 세상을 바라보도록 영감을 준다.

> 모든 존재는
> 꽃 피우는 우주에서
> 피어나는 꽃

거기다 덤으로, 붓다의 가르침을 전달하는 옛날 선의 방식은 종종 우리로 하여금 배꼽 잡는 웃음을 터뜨리게 할 수 있다. 그것이 마음을 일깨우는 것이든, 우리가 확실히 아는 것이 얼마나 적은가를 지적하는 것이든, 시적인 언어를 이용하는 것이든 관계없이. 이러한 웃음의 의학적 효과는 문헌들에 잘 나타나 있다.

마음 일깨우기

공안公案(화두)은 선의 전통에서 비롯된 대화나 이

야기이다. 이것은 마음을 일깨우는 좋은 도구이다. 기존처럼 사고하는 능력을 통해서는 이것을 이해할 수 없다. 가장 유명한 화두 해설가인 무문 혜개(1183~1260, 중국 남송 시대의 승려. 화두 모음집인 《무문관》을 엮음)는 일본어로는 무몬, 중국어로는 우먼이라고 불리는데, 선을 탐구할 때 마음의 길을 끊어 버려야 한다고 말했다. 마음의 길은 우리의 의식에 파 놓은 골짜기와 같다. 이 골짜기는 우리가 되풀이하여 만들어 내는 생각과 이야기의 끝없는 흐름으로 이루어지며, 이것들은 맑은 마음으로 세상을 경험하는 능력을 흐리게 한다. 혹은 스즈키 순류 선사가 말한 유명한 표현대로 '초심'을 흐리게 한다.

다음 화두를 한번 살펴보자.

어느 승려가 운문 문언(9~10세기 중국 당나라 말기의 선승. 운문종의 창시자)에게 물었다.

"붓다가 무엇입니까?"

운문 문언이 대답했다.

"마른 똥막대기이니라."

그렇다, 마른 똥막대기이다. 설명을 덧붙이자면 오늘날 우리는 이 목적으로 막대기 대신 휴지를 사용한다는 점만 말하고 싶다. 이 한 가지 화두에 대한 풀이에는 수십 가지가 있다. 세키다 가쓰키(일본의 고등학교 영어 교사였으나 선불교에 깊은 관심을 보여 많은 연구를 했다)는 이 화두에 대해 이렇게 쓰고 있다.

그 제자는 진지하게 물었다.

"붓다가 무엇입니까?"

아마도 그는 온 우주에 퍼져 있는 영광스러운 붓다의 이미지를 상상하고 있었을 것이다. 그러나 대답은 그런 이미지를 때려 부수는 거센 바람처럼 온다. 이런 종류의 대답을 '의식의 사고 흐름을 깨는 것'이라고 부른다.

붓다를 똥막대기로 부르는 것이 붓다에 대해 가지고 있던 영광스러운 이미지를 때려 부순다는 세키다 가쓰키의 지적은 우리 마음의 길을 즉시 끊어 버린다. 그것은 기존의 사고방식으로부터 우리를 벗어나게 만들어 사물을 있는 그대로 생생하게 자각하게 한다. 똥막대기는 '박테리아와 바이러스가 만연한 어떤 것'을 마음속에 불러오기 때문에 나는 이 화두를 이러한 의미로 해석한다. 병에 걸린 아픈 몸이 다름 아닌 붓다이며, 이 몸 자체도 해탈과 자유와 깨달음의 도구가 될 수 있다고. 로버트 아이트켄은 이 화두를 설명하면서 비슷한 이미지를 불러일으켰다. 그는 제2차 세계대전 중 일본의 포로수용소에 갇혀 있을 때 자신이 쓴 시를 회상했다.

똥거름을 썩히고 있는데
살진 흰색 구더기들
깨달음과 함께 김을 내뿜네

로버트 아이트켄의 시를 읽으면, 병을 앓으며 '썩고 있는' 내 몸이 깨달음과 함께 다만 김을 내뿜고 있다고 생각하게 된다. 선은 똥막대기와 구더기의 이미지를 이용하여 이 병든 육신이 깨달음의 도구가 될 수 있음을 알아차리도록 내 마음을 일깨운다.

아, 그리고 이 똥막대기 화두는 나를 배꼽 빠지게 웃게도 한다!

로버트 아이트켄이 선의 길을 갔을 때 그의 스승은 야마다 고운 노사(1907~1989)였다. 야마다 고운 노사는 20세기의 위대한 선사 중 한 명이며, 선의 화두를 해설한 《문 없는 문 *The Gateless Gate*》의 저자이다. '동산 양개(807~869, 중국 당나라 말기의 승려)의 60가지 이야기'라는 화두를 풀이하면서 야마다 고운 노사는 고대 선사 보쿠시(1394~1469, 일본의 승려이자 화가)의 이야기를 들려준다. 보쿠시 선사는 수행에 다가갈 때 혹독한 것으로 유명했다. 제자가 가르침을 받을 준비가 되어 있지 않으면 보쿠시 선사는 그를 문밖으로 떠다밀고 문을 쾅 닫아 버렸다. 어느 날 보쿠시 선사는 자신의 제자 운몬을 문밖으로 떠다밀었고 운몬은 다리가 문에 끼어 부러지고 말았다. 야마다 고운 노사는 이렇게 적었다.

"아야!"

운몬은 울부짖었다. 그리고 그 순간 갑자기 운몬은 위대한 깨달음에 이르렀다. 단지 "아야!"일 뿐 다른 것은 없었다. 주체도 객체도 상대적인 것도 절대적인 것도 없었다. 다만 "아야!"만 있을 뿐이었다. 이것이 운몬의 위대한 깨달음이었다.

이 이야기는 무척이나 인상적이었다! 이것은 고통스러운 몸의 감각이나 아픈 몸에 완전하게 주의를 집중하는 것이 마음을 일깨울 수 있음을 혹은 적어도 그것을 맛보게 할 수 있음을 생생하게 상기시킨다. 객체는 없다. 병을 포함한 그 모든 것이 지금 상태 그대로의 인생이다.

알지 못하는 마음

선에서는 많은 화두가 이런 질문으로 시작한다.

"자아가 없다고 말하는데 그러면 이 말을 하는 자는 누구인가?"

"개에게도 참본성이 있는가?"

"자아란 무엇인가?"

이 화두들은 나를 좌절하게 만들었다. 이제 나는 이것들을 해답이 없는 질문으로 대한다. '내가 없으면 문제도 없다'를 다른 식으로 바꿔서 '해답이 없으면 문제도 없다'로 이 화두들에 답한다. 이 정체 모를 병에서 과연 회복될 수 있을까 하는 질문에 나는 불안해하고 분노하며 세상에 반응했다. 그러나 이제는 그것을 화두처럼 대하려고 노력한다.

'내가 회복하게 될까?'

이것은 내 마음속에 떠오르는, 그러나 해답은 없는 세 마디 말과 물음표이다. 이것을 화두처럼 대하자 그 질문과의 관계에 변화가 생기기 시작했다. 그 질문은 내가 원하든 원하지 않든 주기적으로 떠오르곤 했다. 하지만 이제는 그 질문을 좀 더 가볍게 붙잡을 수 있고 그것이 마음을 통과해 지나가도록 기다릴 수 있다.

'이 항바이러스제를 먹으면 병이 나을까?'

새로운 치료를 시작하면, 깜짝 등장한 새로운 알약과 더불어 그 결과에 대한 집착이 바로 나타났다. 이제 나는 '이 치료약을 먹으면 병이 나을까 혹은 도움이라도 될까?' 하는 질문을 화두로, 즉 해답이 없는 질문으로 대하려고 노력한다. 한국 선불교의 승려 숭산은 이것을 '알지 못하는 마음'을 유지하는 것이라고 부른다.

'알지 못하는 마음'은 나에게 중요한 생존 도구였다. 며칠씩 잠들지 못했던 그 시기 동안 다시는 살면서 잠을 잘 수 없게 될까 봐 스트레스성 이야기를 꾸며 내기 시작했을 때 나는 잠시 멈추고 숭산의 '알지 못하는 마음'을 기억했다. 잠자리에 들 시간이 다가오자 마음속으로 생각했다.

'내가 자게 될지 그렇지 않을지는 알지 못해. 그러니 어느 쪽으로도 추측하지 않을 거야.'

그 생각으로 인해 나는 차분해졌고 그 수행을 시작한 직후 다시 잠들기 시작했다. 나는 '알지 못하는 마음'을 유지하고 앞에서 설명한 수행법을 이용함으로써 그 어려운 시기를 이겨 냈다. 앞에서 설명한 수행법이란 잠들지 못하는 몸에 따라다니는 불쾌한 신체 감각에서 비롯된 마음을 네 가지 거룩한 상태 중 하나로 키우도록 의식적으로 움직이는 것이다.

틱낫한은 인생을 바라보는 선의 이런 관점을 다른 각도에서 접근한다. 그의 가르침에 따르면 '나는 이것을 확신하는가?'라고 명상함으로써 모든 생각을 점검해야 하고 모든 행동을 하기 전에 이것을 확인해야만 한다. 이것은 효과적인 가르침이다. 관점과 의견에 집착하는 것은 커다란 고통의 근원이기 때문이다. 나는 틱낫한의 가르침이 가진 가치를 병이 나기 몇 년 전에 발견했다. 그 발견은 가장 일상적인 무대에서 비롯되었다. 백화점에서 바지 한 벌을 사기 위해 다른 사람들과 함께 계산대 앞에 줄 서 있을 때였다. 점원이 고개를 들며 말했다.

"다음 분은 누구세요?"

그러자 내 옆에 서 있던 여성이 앞으로 나아갔다. 나는 정중한 태도로 이렇게 말하려던 참이었다.

"실례지만 제가 먼저 여기에 왔어요."

그러나 그때 틱낫한의 '나는 이것을 확신하는가?'가 마음속에 떠올랐기 때문에 그 여성으로 하여금 먼저 계산하게 했다. 내가 먼저 왔다는 것은 99퍼센트 확실했다. 그러나 그 여성으로 하여금 나보다 먼저 계산하게 한 것은 무척이나 경이로운 효과를 가져왔다. 그것은 그 여성에 대한 나의 너그러운 행동이 되었다. 그녀가 나보다 먼저 백화점을 빠져나갈 수 있기 때문이 아니었다. 자신이 계산할 차례라는 착각에서 비롯된 당황스러운 상황으로부터 내가 그녀를 구할 수 있었기 때문이다. 최종적으로도 분명히 내 차례가 먼저였다고 100퍼센트 확신할 수 있는가? 아니다. 나는 단지 99퍼센트만 확신한다.

이 일상적인 장소에서 만성병 환자인 내 삶에 핵심이 된 이 수행의 씨앗이 뿌려진 것이다.

'이 의사는 나를 치료하고 싶어 하지 않아.'

나는 이것을 확신하는가? 어쩌면 그 의사는 오늘 하루 동안 진료 예약이 너무 몰려 있었는지 모른다.

'이 친구는 나에게 더 이상 신경을 안 써.'

나는 이것을 확신하는가? 어쩌면 그 친구는 집안일이나 회사 문제에 매여 있는지도 모른다.

'나는 절대 회복되지 않을 거야.'

나는 이것을 확신하는가?

'나는 더 이상 생산적인 삶을 살 수 없을 거야.'

나는 이것을 확신하는가?

추측과 의견, 그리고 그로 인한 세상이 제멋대로 펼쳐지게 만드는 행동을 내려놓기 위해 나는 틱낫한의 짧은 세 마디 말을 수백 번 이용했다. 우리 생각의 타당성을 조사하는 바이런 케이티의 방법과 함께 사용하면 이 수행이 특히 효과가 있음을 나는 알게 되었다.

선시

선의 가르침은 짧고도 핵심을 찌르는 경우가 많다. 이것은 화두뿐 아니라 종종 가타(게송, 붓다의 공덕이나 가르침을 찬탄하는 노래)와 하이쿠의 형태를 띤다. 게송은 우리에게 우리의 수행을 상기시켜 주는 짧은 운문이다. 이런 형태를 띠는 글의 독특한 문체와 리듬은 우리의 귀에 시적으로 들린다. 이것들은 우리에게 통찰을 줄 수도 있고 우리의 마음을 달랠 수도 있고 우리를 킥킥 웃게 만들 수도 있다.

게송은 살아가면서 일상적인 일을 할 때 현재 순간에 머물도록 도와준다. 자신의 게송 모음집인 《살아 있는 지금 이 순간이 기적*Present Moment Wonderful Moment*》에서 틱낫한은 게송이 "명상 연습도 되고 시 쓰기 연습도 된다."라고 했다. 발 씻기에 대한 틱낫한의 게송은 이러하다.

> 발가락 하나하나의 평화와 기쁨이
> 나 자신의 평화와 기쁨

쓰레기 버리기에 대한 게송은 이러하다.

> 쓰레기 속에서 장미를 본다
> 장미 속에서 쓰레기를 본다
> 모든 것이 변화한다
> 영원함조차 영원하지 않다

처음 불교 수행을 시작하여 현재 순간에 깨어 있으라는 개념이 생소하던 시절, 나는 이 작은 보석 같은 책을 어디든 들고 다녔다.

나는 로버트 아이트켄의 게송 모음집인 《용은 잠들지 않는다*The Dragon Never Sleeps*》도 좋아한다. 그의 게송은 정말로 명상과 시 쓰기에 좋은 연습이 된다. 그중 많은 게송들은 나를 웃게도 만든다. 시적인 깨어 있음과 거기에 더해진 웃음이다. 웃음은 만성병 환자에게 훌륭한 치료약이 된다.

로버트 아이트켄의 게송 몇 가지는 다음과 같다.

> 다루기 힘든 생각이 계속되면
> 모든 존재와 다짐한다
> 붓다조차 때로는
> 어리석은 생각을 했었다고 상상하기로

> 차량이 꼬리에 꼬리를 물면
> 모든 존재와 다짐한다
> 세상이 움직이기 시작하면 나도 움직이고
> 다시 멈추기 시작하면 나도 휴식하겠다고

> 마당에서 낙엽을 쓸다가
> 모든 존재와 다짐한다
> 밖에서 들어온 생각을 퇴비 삼아
> 도의 콩밭을 경작하겠다고

하이쿠는 정해진 구조를 따르는 일본 시의 한 형태이다. 선사들과 선을 공부하는 사람들이 가장 좋아하는 표현 형태이다. 내가 제일 좋아하는 하이쿠의 대가는 18세기의 시인인 고바야시 잇사이다. 잇사는 세 살이라는 어린 나이에 어머니를 여의었고, 자신의 세 아이 또한 모두 갓난아이일 때 잃었다. 그럼에도 그가 쓰는 하이쿠는 언제나 나를 웃게 만든다. 특히 미물에 대한 것들이 그러하다.

> 후지 산에 올라라
> 오, 달팽이여
> 하지만 천천히 천천히

> 귓가의 모기
> 모기는 내가
> 귀머거리라고 생각하나?

> 나는 외출한다 파리여
> 그러니
> 마음 놓고 사랑을 나누렴

  개인적인 비극으로 가득한 삶을 산 이 남자가 이토록 세심한 관찰과 창의성과 무한한 기쁨이 담긴 시를 쓸 수 있었다는 사실에 나는 무척 감동받았다. '선이 도움을 주는' 세 가지 방법을 모두 설명하는 잇사의 하이쿠로 이번 장을 마무리하고자 한다.

> 이슬의 세상은
> 이슬의 세상
> 그럼에도 불구하고, 그럼에도 불구하고……

시적인 언어를 쓰는 잇사는 나로 하여금 새로운 눈으로 세상을 볼 수 있게 한다. '알지 못하는 마음'을 유지하는 눈이 그것이다. '이슬은 이슬이다.'라고 그는 역설하는 듯하다. 하지만 이 하이쿠의 마지막 행은 확실한 것이 아무것도 없다는 사실을 나에게 말해 준다. 이슬은 덧없는 본성을 지니고 있어서 눈에 띄고 나면 곧바로 다른 것으로 변한다. 마침내 이 하이쿠의 마지막 행은 내 의식에 새겨진 마음의 골짜기에서 나를 일깨운다. 그것은 아픈 사람이라는 고정된 정체성처럼 보이는 골짜기이다. 그리고 나는 잇사의 시를 다음과 같이 바꿀 수 있다.

　　아픈 사람은

　　아픈 사람

　　그럼에도 불구하고, 그럼에도 불구하고……

　그렇다, 선은 도움이 된다.

5
잘못된 삶은 없다

모든 사람의 삶에는 제 몫의 고통이
있다. 모든 살아 있는 존재는
고통에 직면한다는 사실을 나는
깨닫는다. 아프지 않은 사람조차
외로움의 고통을 경험할 수 있다.
설령 우리에게 끔찍한 문제가
있더라도 잘못된 것은 아무것도
없다. 그것이 바로 우리의 삶이다.
우리는 우리의 밥그릇에 담기는
것을 갖는다. 내 삶에 잘못된 것은
아무것도 없다. 이것이 나에게
주어진 삶이다. 이것이 바로
나의 삶이다.

16
내가 받은 밥그릇

이런 것들을 하지 않도록 주의하자.

너무 많이 말하기

너무 빨리 말하기

깨달음을 자랑하기

기분 나쁜 태도로 말하기

아이들에게 소리 지르기

상대방을 무시하며 말하기

전혀 모르는 사람에 대해 이야기하기

다이구 료칸 '나의 계율'에서

*

만성병 환자가 된다는 것은 많은 시간을 홀로 보내는 것을 의미하지만 우리 같은 만성병 환자들도 다른 모든 사람들처럼 여전히 소통하고 있다. 많은 시간을 홀로 보낸다는 주제는 곧 다룰 예정이다. 우리 삶에 가장 큰 고통을 가져오거나 가장 큰 혜택을 줄 수 있는 많은 행동은 몸의 한 부분에 집중되어 있다. 바로 입이다. 마음으로 세상을 창조한다는 붓다의 가르침처럼 우리는 말을 통해서도 세상을 창조하기 때문에 말을 다루는 법에 많은 주의를 기울이는 것이 중요하다. 이메일과 편지, 글로 쓴 그 밖의 메시지를 포함한 말하기는 만성병 환자들로 하여금 사람들의 지지와 도움을 얻게 만들 수도 있고 환자들을 더욱 고립시키고 소외시킬 수도 있다.

붓다의 가르침에 따르면 지혜로운 대화법에는 다섯 가지 특징이 있다. 진실하게, 좋은 의도로, 도움이 되도록, 애정을 담아, 적절한 때에 말하는 것이다. 이것들은 대개 다음과 같은 세 가지 사항을 포함하는 공식으로 만들어진다.

'해야 할 말이 진실하고 친절하고 도움이 될 때만 말하라.'

모든 말을 진실하고 친절하고 도움이 되게 하라는 것은 무리한 요구이다. 그러나 입을 열기 전에 이 세 가지 성질을 기억하겠다고 결심함으로써 지혜로운 대화법을 연습하기 시작할 수 있다. 이 장의 도입부에 소개한 선시에서 료칸조차도 지혜로운 대화법에 대한 자신의 계율 목록을 "이런 것들을 하지 않도록 주의하자."라는 부드러운 말로 시작한다. 이따금은 내가 진실하지 않게 말할 것이고 불친절하게도 말할 것이고 도움이 되지 않는 말도 할 것임을 나는 알고 있다. 그러나 지혜로운 대화법을 연습하겠다는 결심을 했기 때문에 그것을 성공 아니면 실패의 계명으로 만들 때와는 달리 스스로 부족한 경우 나 자신을 용서하고, 내 말을 돌아보고, 새롭게 다시 시작할 수 있다. '연습'은 효과를 불러오는 말이다. 연습을 하다 보면 우리는 말을 입 밖으로 내거나 이메일의 '보내기' 버튼을 누르기 전에 우리의 말이 진실함과 친절함과 도움이라는 여과기를 통과하게 만드는 데 매우 능숙해질 수 있다.

이 요건 중 두 가지를 만족하기는 쉽지만 세 가지 모두를 만족하기란 쉽지 않다는 사실을 나는 알게 되었다. 예를 들어, 친구가 나에게 한 달 동안 연락을 하지 않았다고 치자. 그러나 그것에 대해 친구와 맞서는 것이 과연 도움이 될까? "왜 그동안 연락 안 했어?"라는 이메일을 보내기 전에, 친구와 맞서려는 의도를 "어떻게 지내?"와 같은 질문의 의도로 대체할 수 있다면 그 소통은 친절하고 도움을 주는 말로 변할 것이다. 친구가 회사 일이나 집안 문제 때문에 연락하지 못했음을 알게 될지도 모르고, 이것은 우리가 혼자만의 이익을 생각하기보다는 자비심을 갖고 도움을 주면서 대응할 기회가 된다.

만성병 환자가 된 후 나는 지혜로운 대화법을 연습할 때 예상치 못한 도전에 직면하게 되었다. 나를 걱정하는 사람이라면 누구나 이 병과 내가 시도한 치료법 전부를 자세히 알고 싶어 할 것이라고 생각한 것이다. 처음 다섯 해 동안은 새로운 전문의에게 진료를 받거나 새로 나온 치료를 시작하고 나면 그 내용을 이메일에 길고도 자세하게 적어서 아들 자말과 딸 마라 그리고 한두 명의 친구들에게 보냈다. 그 답으로는 보통 응원의 글 몇 줄을 받았다.

절친한 사람들이 내 병의 모든 세부 사항을 알고 싶어 할 것이라고 나는 생각했다. 그뿐만 아니라 이제 와서 돌아보니 내심 어떤 차원에서는 내가 얼마나 아픈지를 그들로 하여금 확실히 깨닫게 하려고 애쓰고 있었던 것이다. 이 자세한 설명들은 진실함이라는 붓다의 시험에는 통과했지만, 나는 그것들을 보내기 전에 잠시 멈추고서 그것이 받는 이에게 친절하고 도움이 되는 것인지 돌아보지는 않았다. 그렇다, 나는 아팠다. 하지만 모든 사람의 삶에는 제 몫의 고통이 있다. 우리의 오랜 친구인 첫 번째 고귀한 진리 말이다. 이 점을 고려하지 않았을 때 나는 지혜롭게 대화하지 못했다. 만약 자말이 끊어질 듯한 허리 통증을 느끼고 있거나 마라가 매일 처리해야만 하는 많은 일들로 엄청나게 바쁘다면 내 편지를 읽고서 답을 하라고 요구하는 것은 분명 친절하지도 도움이 되지도 않는다. 그 편지는 의학 용어들과 내 어려움에 대한 자세한 설명으로 가득한 기나긴 이메일이었다. 병이 나고 다섯 해가 지나서야 내가 지혜로운 대화법을 제대로 이해하고 있는지 다시 평가할 필요가 있다는 생각이 떠올랐다.

이 대화법을 좀 더 깊이 살펴보고 나자, 내가 항상 병에 대해서만 이야기하는 것이 아니라면 가족과 친구와의 관계가 모두를 위해 더 풍요로워지고 즐거워질 것임을 알게 되었다. 지혜로운 대화법이라는 개념에는 붓다가 고귀한 침묵이라고 표현한 것도 포함된다. 말하지 않을 때를 아는 것이다. 나는 새로운 전문의와 새로운 치료약에 대한 경험을 전부 설명하는 일을 그쳤을 뿐 아니라 가족이나 친구와의 관계에 흥미와 즐거움을 가져올 이야깃거리를 찾아볼 수 있게 되었다. 이제 나는 내 병에 대해 이야기하기보다는 그들의 삶에 대해 더 많이 물어보는 편이다.

예를 들어 한번은 엎친 데 덮친 격으로 내가 감기에 걸린 적이 있었다. 나는 자말에게 안부를 물으려고 어느 일요일에 전화를 걸었다. 감기에 대해 말하려는 의도로 입을 열었지만 이내 말을 멈추었고 그 대신 자말이 어떻게 지냈는지 물었다. 우리는 30분 동안 이야기를 나누었고 나는 감기에 대해 전혀 언급하지 않았다. 나는 우리의 대화에 만족하며 전화를 끊었다. 그 덕분에 나는 기분이 좋아졌는데 자말의 기분도 좋아졌기를 바란다.

증상을 완화하는 치료나 잠드는 데 도움을 주는 치료, 모험을 걸어야 하는 치료 등 모든 치료의 세부 내용을 나는 심지어 토니와도 나누지 않는다. 내 몸 상태를 기록하기 위해 나는 보통 노트를 이용한다. 이런 기록은 투약량에 따라 달라지는 효과 등을 알 수 있게 하기 때문에 중요하다. 그러나 병이 나고 5년 정도 지나자 토니와의 관계를 병으로만 한정 짓고 싶지 않다는 생각이 들었다. 토니는 매일 자연스럽게 병에 노출된다. 다른 도시에 가 있을 때도 침묵 수행 중만 아니라면 전화나 이메일로 내 상태를 확인한다. 내가 매일 그를 옆에 앉혀 놓고 최근에 노트에 적은 내용을 분석한다면 그는 귀 기울여 들을 것이다. 그러나 의견이나 조언이 필요한 경우를 제외하고는 모든 증상과 치료제에 대한 반응을 토니와 시시콜콜 나누는 것은 친절한 일도 아니고 도움이 되지도 않을 것이다. 설령 진실성 항목은 만족한다 하더라도.

그러나 내가 토니의 도움을 절실히 필요로 하는 순간에는 고귀한 침묵이 깨어지기 때문에 그는 경청하지 않을 수 없다. 때때로 새벽 2시에 절망감에 북받쳐 흐느껴 울 때나 오후 2시에 내가 더 이상 할 수 없게 된 일들을 불평하며 '불쌍한 나'라고 소리 지르는 때가 그러하다. 내가 이렇게 무너져 내릴 때 토니는 한 번도 나를 위로하지 않은 적이 없다. 그는 내가 아는 사람 중에서 가장 이타적인 사람이다.

잡담

　　　　　같은 문헌에 따르면, 지혜로운 대화법을 구성하는 것이 무엇이냐는 질문을 받았을 때 붓다는 이렇게 대답했다고 한다. 거짓말, 편을 가르는 말, 남을 욕하는 말, 그리고 잡담을 삼가는 연습을 하는 것이라고. 앞의 세 가지는 그 이유가 명백하지만 마지막 것인 잡담은 조금 미묘하다. 붓다는 잡담을 경계했다. 잡담이 종종 악의적인 수다를 포함하기 때문이 아니었다. 잡담은 하찮고 의미 없는 말이므로 진정으로 중요한 일들에서, 이를테면 자애와 깨어 있는 마음과 지혜를 기르는 일에서 벗어난 것이기 때문이다. 또한 시시한 대화를 나누다 보면 악의 없는 수다조차도 고통의 근원인 질투심이나 그 밖의 마음 상태를 불러일으킬 수 있다. 잡담의 위험성을 알게 되었으니 이제 나는 고백할 것이 있다. 사실 이러한 잡담은 병이 난 이후로 내가 가장 그리워한 대화의 종류였다. 때로 나는 가족이나 친구들과 사소한 일화를 나누며 몇 시간 동안 잡담할 수 있을 만큼 건강하기를 바란다. 잡담은 마음을 나누는 따뜻한 방법이 될 수 있고, 늘 심각한 문제만을 화제로 삼아야 한다는 부담을 덜어 줄 수 있다.

　내 추측으로는 환자를 보살피는 사람들도 다른 이들과 좀 더 자주 잡담을 나누는 호사를 누리길 소망할 것이다. 토니와 나는 작은 마을에 살고 있고, 토니는 한때 동네 대표로 뽑힌 적이 있다. 자신이 아는 사람을 마주치지 않고서 다른 곳을 가기란 토니에게 일어나기 힘든 일이었다. 나는 토니가 바깥세상에서 맞닥뜨리는 어려움을 나에게 전부 말하지는 않음을 알고 있었다. 그것들로 나에게 부담을 주고 싶지 않

205

기 때문이었다. 그러나 토니는 한 가지 반복되는 경험만은 내게 이야기
했다.

식료품 가게 복도에서 우연히 사람들을 만나면 그들은 즉각적으로
이렇게 묻는다.

"부인은 어때요?"

토니는 내가 더 좋아졌다는 거짓말을 하지 않을 것이기 때문에 어
쩔 수 없이 "예전과 비슷해요."라고 대답한다. 자신이 아무리 가벼운
마음으로 말해도, 가능한 한 짧은 대답이 되도록 계산한 이것이 알고
보니 대화 시간을 잡아먹는 주범이었다고 토니는 말했다. 식료품 가게
복도에서 토니가 즐겁게 참여할 수 있는 대화 주제는 그것이 비록 잡
담이라 할지라도 상당히 많다. 예를 들어 지역 정치 문제나 서로의 아
이들이 어떻게 지내는지, 심지어 날씨까지도 주제가 될 수 있다! 그러
나 내가 계속 아프다는 사실은 그 복도에 놓인 코끼리와도 같아서 이
동물을 비켜 가기란 무척 어렵다.

의심할 여지 없이, 토니만 그런 것이 아니라 환자를 보살피는 다른
사람들도 이런 곤경에 처한다. 우리는 토니가 이 문제를 어떻게 해결할
수 있을지에 대해 이야기했다. 토니는 상대방에게 어떻게 지내는지 재
빨리 물어봄으로써 대화를 먼저 시작하는 방법도 시도해 보았다. 그것
은 절반의 성공이었다고 했다. "예전과 비슷해요."라고 대답하자마자
서로의 가족과는 전혀 관계없는 시사적인 주제로 말을 돌리려는 방법
도 시도해 보았다. 토니가 말하길 그것은 좀 더 성공적이었다고 한다.

편을 가르고 남을 욕하는 말

가족들이 어떻게 지내는지, 다음 주 계획이 무엇인지 혹은 다가오는 국민투표에 대한 잡담은 최악의 경우라 해도 대개 중립적이다. 그러나 잡담에 대해 붓다가 우려한 핵심은 그것이 편을 가르거나 남을 욕하는 말로 쉽게 격이 떨어질 수 있다는 점이었다. 이런 종류의 대화는 다른 사람들에게 피해를 줄 뿐만 아니라 그 말을 하는 사람에게도 해를 입힐 수 있다.

'편을 가르는'과 '남을 욕하는'의 반대말은 각각 '화합하는'과 '진심 어린'이다. 다른 사람과의 교류에 화합을 가져오려는 목적으로 진심 어린 말을 건넬 때 우리는 그들을 향해 자애심을 키울 수 있다. 이런 식으로 지혜로운 대화법은 네 가지 고귀한 마음 상태의 발전과 손에 손을 잡고 나아간다. 그리고 우리는 자기 자신에게도 친절해질 수 있다. 편을 가르고 남을 욕하는 말은 정신적·육체적 고통의 근원인 질투심과 분노, 억울함이라는 마음 상태를 불러일으키고 특히 만성병 환자에게는 육체적 고통을 보태기 때문이다.

편을 가르는 말이나 남을 욕하는 말을 다른 사람에게 하려고 할 때 그것의 훌륭한 해독제는 '참을성 있게 견디기'이다. 참을성을 키우면 우리는 느긋해지고 자신을 좀 더 돌아보게 된다. 세상 밖으로 말을 내뱉기 전에 그것이 진실함과 친절함과 도움이라는 성질을 만족시키는지 확인할 수 있게 된다.

그렇다, 지혜로운 대화법은 무리한 요구일 수 있다. 어떤 날에는 료 칸의 목표 중에서 기분 나쁜 태도로 말하지 않기와 아이들에게 소리

지르지 않기라는 몇 가지 요건만 만족시킬 수 있어도 나는 안도감을 느낀다. 그러나 이내 기억해 낸다. 붓다는 지혜로운 대화법을 깨달음과 깨어남, 해탈과 자유를 향해 가는 길에서 없어서는 안 될 수행으로 생각했음을. 이를 염두에 두고, 진실하고 친절하고 도움이 되는 말만 써서 다른 사람과 소통하기 위해 나는 몇 배의 노력을 다시 기울인다.

17
외로움의 빈곤으로부터 고독의 평온함으로

고독만큼 함께 지내기 좋은 벗을
나는 본 적이 없다.
헨리 데이비드 소로

*

모든 인간 존재는 함께할 사람이 있어야 하고 그들의 지지가 필요하다. 우리는 세상을 함께 만들어 나간다. 그러나 많은 시간을 침대 위에서 보내야 하거나 다른 사람과 함께 있으려던 계획에도 불구하고 갑자기 자리에 누워야만 하는 사람에게는 공동체가 엄청난 도전일 수 있다. 붓다의 가르침은 공동체에 매우 큰 가치를 둔다. 이것을 산스크리트 어로 '상가(승가)'라고 부른다. 이 단어는 본래 붓다의 제자들을 일컫는 말이었다. 그러다가 불교 승려들을 포함하는 말로 바뀌었다. 오늘날 승가는 깨달음이나 해탈의 길로 가는 수행자를 돕기 위한 영적 공동체 전체를 의미한다. 많은 불교도들은 승가가 그들의 영적 추구의 길에서 가장 중요한 의지처라고 말한다. 그들은 승가에 귀의한다고 말한다. 다른 종교의 사람이라 해도 영적인 삶에서 승가의 가치, 공동체의 가치를 인정할 것이다.

아프기 전에 나는 몇 가지 불교 공동체 활동에 적극적으로 참여했었다. 토니와 함께 매주 명상 모임도 열었다. 우리는 월요일 밤마다 동네 회관을 이용했다. 그리고 나는 적어도 한 달에 한 번 그 모임을 지도하고 강의를 하곤 했다. 매달 우리 집에서 모임도 가졌는데, 토니나 내가 선정한 깨달음과 진리에 관한 책들을 읽고 토론을 했다. 책의 내용으로부터 시작해 지난 모임 이후의 삶을 되돌아보며 웃음 섞인 활기찬 두 시간을 보냈다. 이것이 나에게 첫째가는 공동체였다. 토니는 지금도 집에서 이 모임을 연다.

우리는 캘리포니아 북부뿐 아니라 세계 전역에서 온 명상 교사들이 이끄는 일일 명상 프로그램에도 자주 갔었다. 그리고 나는 일 년에 두 차례씩 앞에서 말한 많은 명상 교사들이 지도하는 열흘간의 침묵 명상 수행에도 참가했다. 그러나 병에 걸리고 난 후에는 이런 활동에 더 이상 참가할 수 없었다. 동네 회관은 집에서 겨우 세 블록 거리이고 우리 집에서 매달 열리는 모임은 방 하나만큼만 떨어져 있는데도 갈 수가 없었다. 내가 옆쪽을 바라보며 침대 위에 앉아 듣기만 하면 때로 30분 정도는 그 월간 모임에 참가할 수 있었다. 나는 이 소중한 영적 의지처의 근원을 상실했을 뿐 아니라 낮을 따라다니는 밤처럼 나의 병에 따라다니는 사회적 고립감에도 적응해야만 했다.

홀로 단절되어

"내 병의 영향과 고립의 영향을 구별하기가 어렵다."

나와 비슷한 병으로 진단받은 사람들의 인터넷 모임에서 어느 회원이 이렇게 썼다. 나 역시 고립 자체가 병처럼 느껴지는 때가 있었다. 집 안에 묶여 있는 사람들은 일대일의 개인 접촉으로부터만 고립되는 것이 아니다. 우리는 종종 자연으로부터, 심지어는 다정한 사람들의 따뜻함으로부터도 고립된다. 우리에게는 변화하는 계절을 보는 가장 좋은 방법이 병원 진료를 위해 차를 타고 왔다 갔다 하는 것이다. 하지만 이것은 종종 스트레스로 가득한 외출이 된다. 마찬가지로 사람들 속에 있을 수 있는 가장 좋은 방법은 병원 대기실에 앉아 있는 것이다. 그러나 그곳은 편안하지도 않고 희망을 주는 무대도 아니다. 만성피로 증후군을 앓는 어느 여성이 블로그(개인이 자신의 관심 분야에 대해 자유롭게 글을 적을 수 있는 인터넷상의 사이트)에 올린 글을 최근에 읽었는데, 그녀는 단지 사람들과 함께 있기 위해 일주일이나 일찍 혈액검사를 받으러 갔다고 썼다.

우정이라는 주제는 만성병 환자에게 고통스러울 수 있다. 사람들과 나누던 나날의 교류가 갑자기 사라진 것이 나로서는 가장 적응하기 어려운 변화였다. 직장을 잃은 것보다도 훨씬 힘들었다. 가슴속에서 한때 다른 사람들의 모습과 목소리로 채워졌던 부분에 커다란 구멍이 생긴 것처럼 느껴졌다. 나는 이 책의 내용들을 순서대로 쓴 것이 아니며, 지금 이 장을 가장 마지막에 썼다. 내가 느낀 고통을 글로 옮기는 일이 너무 힘들어서 은연중에 회피했기 때문이다. 그 고통이란 다름 아니라 그토록 많은 친구들을 한꺼번에 잃은 상황을 받아들여야만 하는 고통이었다. 만성병 환자를 위한 어느 인터넷 사이트에 한 사람이 이렇게 썼다.

"친구들이 서서히 없어졌다."

다른 사람은 이렇게 적었다.

"내 친구들이 모두 사라졌다."

2008년, 어느 서류철에 담긴 내용을 살펴보다가 2002년 6월에 내가 쓴 쪽지를 우연히 발견했다. 이것은 내 시선을 확 끌었다. 눈에 보이지 않는 만성병으로 진단받은 뒤에 가족과 친구들에게 이와 비슷한 쪽지를 쓴 다른 사람들에 대한 글을 나중에 읽은 적이 있기 때문이다. 그들은 관절염, 루푸스(염증성 류머티즘 질환), 암, 당뇨병, 심장병, 결합조직염(통증성 류머티즘 질환) 같은 병에 걸린 사람들이었다. 나는 다음과 같은 쪽지를 쓴 뒤 복사하여 《고통받는 이들의 보이지 않는 유행병, 만성피로증후군의 목소리》라는 책에 나오는 이야기 두 편을 덧붙여 친한 친구 네 명에게 소포로 보냈다.

오늘 너희와의 점심 약속에 나가지 못해서 미안해. 나와 비슷한 상황에 처한 사람을 알지 못한다면 내가 모든 일을 다 해낼 수 없는 이유를 이해하기 힘들 거야. 내가 어떤 일들은 할 수 있고, 겉으로는 괜찮아 보이니까.

그래서 어느 책에서 읽은 글 몇 편을 너희와 나누고 싶어. 이 여자들 중 한 명은 아직도 일하고 있고 한 명은 그렇지 않아. 두 사람 다

만성피로증후군으로 진단받았어. 내 경우와 마찬가지로 의사들은 정말로 이들이 왜 계속 아픈 건지 몰라. 이 사람들의 이야기는 나와 다르지만 이들과 내가 매일 경험하는 것에는 다른 점보다는 비슷한 점이 더 많아.

너희가 이 글을 읽고서 어떤 일을 할 필요는 없어. 지금 당장 나에게 무슨 일이 일어나고 있는지 너희가 알게 된다면 그것만으로도 내 기분은 나아질 거야. 조만간 보자.

사랑을 담아

토니가

이 네 사람은 모두 내 인생에서 떠나갔다. 많은 만성병 환자들에게도 비슷한 일이 일어난다. 앞에서 말했듯이 바이런 케이티의 질문에서 도움을 받았기에 그토록 많은 친구를 잃은 것에 대처할 수 있었지만, 2002년에 그 쪽지를 매우 공들여 작성했을 당시 내 기분이 어땠는지는 생생히 기억난다. 친구들이 사라질까 봐 나는 두려워했다. 그리고 그것은 현실이 되었다.

만성병은 몇 가지 이유에서 우정에 큰 타격을 준다. 우리는 신뢰할 수 없는 친구가 된다. 예정된 모임 날에 침대 밖으로 나올 수 없다는 사실을 깨닫게 되면 종종 마지막 순간에 계획을 취소해야 하기 때문이다. 우리가 사람들과 시간을 보낼 수 있다고 해도 20분이 고작일 것이고 이것은 사람들과 깊은 관계를 맺기에는 너무 짧은 시간이다. 그들이 우리를 보러 오기 위해 운전하는 시간보다도 함께 어울릴 수 있는 시간이 더 짧을지 모른다. 어떤 사람들은 아픈 사람 주변에 함께 있는 것을 불편해한다. 어떤 사람들은 자신의 활동에 대한 이야기를 나누는 것이 우리 기분을 상하게 할 것이라 믿으며, 우리 옆에서 무슨 말을 해야 할지 더 이상 알지 못한다. 그리고 예전에 함께 일하고 놀았던 사람들과 아픈 이들의 세상 속에 사는 우리 사이에는 공통점이 점점 줄어들게 된다.

이 이유들을 모두 안다고 해서 수십 년간 우정을 쌓은 사람들이 한 명씩 한 명씩 내 인생에서 사라지는 것을 바라볼 때 고립 상태에 적응하기가 덜 고통스러워지는 것은 아니다. 우리는 이토록 고통스러운 개인적인 경험 이외에도 '건강하게 사는 법'에 대한 온갖 충고에 직면해야만 한다. 적극적인 사회생활을 유지하는 것이 정신 건강과 몸 건강에 모두 좋다고 말하는. 그러면 고립감에 걱정이 보태진다.

이 책을 쓰는 현재, 나를 정기적으로 찾아오는 사람 중에 가족이 아닌 이는 한 사람밖에 없다. 그녀는 2001년에 내가 병이 났을 때 내 삶의 일부에도 없던 사람이다. 앞에서 나는 돈이라는 친구에 대해 이야기한 적이 있다. 우리의 아이들은 어린이집을 함께 다녔지만 아이들이 10대가 되자 돈과 나는 멀어졌고 우리 사이의 우정도 거의 사라졌다. 나는 10년 가까이 돈을 보지 못했다. 그러나 내가 아프다는 소식을 듣고 나자 돈은 다만 20분이라도 나를 보러 왔고 계속 그렇게 했다. 우리가 만날 날을 정할 때는 내가 돈을 볼 수 있을 만큼 몸 상태가 충분히 좋다는 가정하에 계획을 세운다. 돈은 부동산 중개인, 한 남편의 아내, 세 아이의 엄마, 여섯 손자 손녀의 할머니로서 바쁘게 살아감에도 불구하고 내가 마지막 순간에 약속을 취소해야 하면 갑작스럽게 변경된 계획을 너그럽게 받아 준다. 돈은 나날의 내 상태를 예측할 수 없다는 사실에 구애되지 않는다. 우리 집으로 놀러 오라고 내가 초대할 수 있는 사람이 동네에도 있다는 사실을 알고 있다. 그러나 나는 그렇게 하지 않는다. 대부분의 사람들은 내가 갑자기 약속을 취소해야 하면 돈과 같은 이해심을 가지고 반응하지 않는다는 것을 경험이 나에게 가르쳐 주었기 때문이다. 나는 겁쟁이가 되었다. 이것은 만성병 환자들에게 흔히 있는 어려움이다.

2007년 가을, 나의 둘째 손녀 캠던이 태어났다. 그 이후로 며느리 브릿짓은 매주 목요일 오후에 버클리에서 차를 몰고 나를 찾아왔다. 브릿짓이 나를 보러 올 수 있도록 토니도 집에 함께 있는 경우가 아니라면 자신이 우리 집에 아주 오랫동안 있을 수 없다는 사실을 브릿짓은 알고 있다. 하지만 브릿짓은 어쨌든 오겠다고 고집한다. 머무는 시간보다도 운전하는 시간이 더 긴데도 상관하지 않는다. 나는 침대에 누워 캠던과 함께 아이처럼 노는 동안, 몇 분 정도 시간을 내어 브릿짓과 성인으로서 대화를 나누어 보려고 노력한다. 나는 브릿짓을 정말로 고맙게 생각한다.

이들이 가장 충실하게 나를 직접 방문하는 사람들이다. 삼대에 걸쳐 이어지는 세 명의 여성들이다!

먼 곳의 친구들, 가까워진 가족들

물론 만성병 환자에게도 사람들과의 직접적인 만남을 대신할 방법이 있다. 바로 인터넷이다. 인터넷은 우정을 키우는 풍부한 원천이 될 수 있다. 그러나 이런 식으로 사람들과 연결되는 나의 능력도 제약을 받는다. 왜냐하면 컴퓨터를 오래 할 때마다 증상이 악화되기 때문이다. 그럼에도 나는 인터넷에서 조원이라는 어느 여성을 만났고, 2004년부터 매일 이메일을 통해 연락하고 있다. 때로는 그 메시지가 이처럼 단 한 줄이 될 수도 있다.

"오늘은 너무 아파서 못 쓰겠어요."

처음에 우리는 각자의 병에 대해 메일을 썼지만 우리에게 몸의 물리적 상태보다 공통점이 더 많이 있음을 알게 되자 우정이 피어났다. 우리는 가정사와 인생사, 문학과 예술, 약간의 정치 문제, 영적인 추구, 그리고 우리의 가장 큰 희망과 두려움을 나누기 시작했다. 조원은 미국 동부의 메릴랜드 주 볼티모어에 살고 있기 때문에 우리가 직접 만나게 될 가능성은 거의 없다. 하지만 우리의 우정은 더없이 깊다.

나는 지구 반대쪽인 호주 시드니에 살고 있는 주디도 만났다. 우리는 지구 반대편의 삶에 대해 이야기를 나눈다. 2008년 대통령 선거를 함께 지켜보았고, 선거 결과가 다가오자 이메일을 여러 번 주고받았다. 버락 오바마가 당선되었다는 사실을 같이 알게 된 것은 내 시각으로는 화요일 밤이었고 주디의 시각으로는 수요일 오후였다. 최근에 주디의 남편은 자신들의 동네를 나에게 보여 주기 위해 그녀에 대한 짧은 비디오를 만들었다. 나는 바다에서 파도타기 하는 사람들을 보았고 매미 소리를 들었다. 하지만 가장 좋았던 부분은 주디의 호주식 억양을 들은 것이었다.

내 병은 가족과의 관계 유형도 바꾸어 놓았다. 때로는 가족들을 심지어 '더 가까이' 데려오기도 했다. 아프기 전에도 나는 이미 성인이 된 아이들과 자주 시간을 보냈었다. 마라는 비행기로 한 시간 거리인 곳에 살고 자말은 자동차로 한 시간 거리인 곳에 산다. 나에게 새롭게 생긴 제약에도 불구하고 아이들과 가까운 관계를 유지하는 한 가지 방법은 인터넷 메신저 프로그램을 통해서이다. 메신저를 이용하면 아이들과 생생한 대화를 나눌 수 있다! 나는 노트북을 들고서 침대에 눕고 아이들은 컴퓨터나 휴대폰을 이용한다. 그리고 우리는 번갈아 가며 이야기한다. 마라는 가족과 함께 우리 집에 놀러 오면 집 앞마당에서 일어나는 일들을 나와 나누기 위해 이따금씩 거실에서 메시지를 보내기까지 한다. 2009년 6월, 사위 브래드는 로스앤젤레스에 있는 캘리포니아 대학교 경영대학원을 졸업했다. 침대에 누워서 내가 참석하지 못한 그 졸업식에 대해 생각하고 있는데 마라가 자신의 휴대폰으로 보낸 메시지가 내 컴퓨터 화면에 떴다.

"조금 전에 진행자가 브래드의 이름을 불렀어요. 브래드가 지금 단상을 걸어가고 있어요!"

자말과 마라와의 이런 교류는 내 삶의 큰 기쁨 중 하나이다. 사실 옛날부터 마라는 전화로 이야기하는 것을 한 번도 좋아한 적이 없기 때문에 지금 나는 병에 걸리기 전보다 마라와 더 자주 연락한다.

홀로 있기도 전염된다

환자를 보살피는 사람들도 사회적으로 고립될 수 있다. 사랑하는 사람이 집이나 아파트 밖으로 동행할 수 없기 때문이다. 토니는 그런 생활의 변화를 파리 여행에서 처음 경험했다. 그것이 자기 인생의 영원한 모습이 되리라는 사실은 알지 못한 채. 토니는 종종 내게 이렇게 말했다.

"나는 바깥세상의 벗을 잃었어."

그 상실감은 단지 저녁 식사나 영화 관람을 함께할 수 없다는 것보다 훨씬 깊다. 그렇게 친밀한 순간을 잃어버림으로써 슬픔이 생겨난다. 파티에 갔다가 집으로 차를 몰고 돌아올 때 파티에서 만난 사람들에 대해 서로에게 묻던 그 소중한 순간처럼 말이다. 어떤 사람과의 대화는 즐거웠고 어떤 사람과는 두 번 다시 만나고 싶지 않다고 우리는 이야기했었다.

토니와 나는 험한 세상 속으로 나아갈 때 서로에게 가장 친한 친구가 되는 축복을 받았다. 그러나 이제 사교 활동에 있어 토니 역시 대부분의 시간 동안 집 안에 묶여 있다. 우리 부부를 초대하던 사람들은 토니 혼자만은 좀처럼 초대하지 않는다. 만성병 환자의 배우자는 이런 일을 흔히 경험한다. 이것은 이상한 사회 현상이다. 어떤 사람이 독신이라면 사람들은 그를 자신의 친목 활동에 포함시킬 때 주저하지 않기 때문이다.

환자를 보살피는 사람은 집에서조차 자신이 사랑하는 사람으로부터 고립될 수 있다. 어떤 때는 내가 토니와 함께 시간을 보낼 수 있는 능력이 무척 제한된다. 이것은 환자를 보살피는 사람에게 이중의 고난이 된다. 그들은 다만 홀로 있는 것이 아니다. 사랑하는 사람을 낫게 할 수 없다는 절망 그리고 걱정과 더불어 홀로 있는 것이다.

고독

많은 만성병 환자들이 친구를 잃은 데다 집 밖으로도 나갈 수 없어 고립되고 그 상태가 삶에서 피할 수 없는 사실이 된다. 병이 난 후, 고립 자체가 중립적인 상태임을 내가 깨닫게 되기까지는 몇 년이나 걸렸다. 사전에는 고립이 '홀로 있는 상태'로 정의되어 있다. 나는 이 설명에 '고통스러운' '슬픈' '힘든'이라는 단어를 덧붙였다. 그것이 발병 초기에 내가 경험한 고립이었기 때문이다. 당신에게도 고립이 고통의 근원이라면 붓다가 세 번째 고귀한 진리에서 전달한 반가운 소식을 기억하라. 그것은 마음속 고통을 줄이기 위해 우리가 밟을 수 있는 단계가 있다는 것이다. 이와 관련하여 폴 틸리히(독일 출신의 미국 신학자이자 철학자)의 《영원한 지금 The Eternal Now》 중 일부를 살펴보자.

"언어는 (중략) 홀로 있음의 고통을 표현하기 위해 '외로움'이라는 단어를 만들었다. 그리고 홀로 있음의 영광을 표현하기 위해 '고독'이라는 단어를 만들었다."

홀로 있음에 대처하는 방식을 바꿀 때 이 말이 도움이 되는지 살펴보기 위해 나는 우리 딸과 함께 나눈 바이런 케이티의 기법으로 돌아갔다. 바이런 케이티는 집에 늦게 들어오는 딸의 운명을 생각하며 줄곧 걱정에 사로잡혀 있었다. 그러나 '의자에 앉아서 사랑하는 딸을 기다리는 여인'이라는, 자신이 확신할 수 있는 한 가지 사실만을 되뇜으로써 정신적 고통을 멈추었고 딸이 돌아올 때까지 다만 기다릴 수 있었다.

폴 틸리히의 통찰과 같은 맥락에서 나는 바이런 케이티의 접근법을 이용하여 '홀로 있는 상태'인 고립을 살펴보았다. '집 의자에 홀로 앉아 있는 여인' 혹은 '방 침대에 홀로 누워 있는 남자'처럼 고립되었다는 똑같은 사실에 외로움이라는 정신적 상태가 따라올 수도 있고 만족스러운 고독이라는 정신적 상태가 따라올 수도 있음을 나는 깨달았다.

어떤 사람들은 고립으로 인한 외로움 때문에 몸이 허약해진다는 사실을 인터넷을 통해 알게 되었다. 마더 테레사 수녀는 이것을 가장 끔찍한 빈곤이라고 했다. 어느 라디오 방송에서, 만성피로증후군으로 진단받은 여성의 배우자는 이 병을 '말도 안 되는 병명에서 비롯된 가족과 친구들의 오해와 더불어 극심한 고립감 때문에 매우 외로운 질병'으로 묘사했다.

그러나 또 다른 사람들은 고립으로 인해 소중한 고독을 누릴 수 있다. 어떤 사람들은 고독을 소중히 여긴다. 고독 덕분에 자신의 삶을 좀더 마음대로 조절할 수 있기 때문이다. 예를 들어, 만성병 환자를 위한 인터넷 모임에서 어느 여성은 고립을 사랑한다고 말했다. 고립이란 아무도 자신에게 요구하는 것이 없는 상태이기 때문이라고 했다. 또 다른 사람들은 고독이 영적 수행의 필수 부분이기 때문에 그것을 가치

있게 생각한다. 앞에서 말한 인터넷 모임에서 다른 여성은 "고독은 인간의 영혼을 새롭게 하는 것이며 신에게 다가가는 모든 종교 교파에서 실천하는 것"이라고 했다. 우리 문화가 활발한 사회생활을 유지하는 것의 필요성을 강조하고 있지만 몇백 년 동안 이어져 온 고독의 문화는 확실히 존재하며, 많은 사람들이 건강할 때나 아플 때나 그것이 영적 행복에 반드시 필요하다고 생각한다.

아주 많은 시간을 홀로 있어야 하기 때문에 고통받고 있다면 홀로 있음 그 자체가 반드시 부정적인 경험은 아님을 깨달음으로써 도움을 받을 수 있을 것이다. 그것은 중립적인 상태이다. 우리는 거기에다 지금 상태 이외의 다른 것을 바라는 욕망을 더한다. 이를테면 동반자가 생기기를 바라는 것이다. 지금 상태와 다르게 되기를 바라는 욕망이 충족되지 않을 때 우리는 고통받는다. 그것이 붓다가 말한 두 번째 고귀한 진리이다. 고통의 근원이 욕망이라는 것이다. 바이런 케이티의 기법은 여기서도 도움이 된다. '집 안에 홀로 있는 사람'처럼 당신의 몸이 인식하고 있는 상황을 묘사함으로써 자신을 현재 순간으로 데려오는 것이다. 그러고 나서, 상황이 다르게 흘러가기를 바라는 욕망을 보태지 않으면서 그 홀로 있음 속의 평온함을 맛볼 수 있는지 살펴본다. 어쩌면 그것은 자신에게 무엇인가를 요구하는 사람이 아무도 없다는 안도감이 될 수도 있다. 그렇게 할 수 있다면 '슬프다' 혹은 '고통스럽다'라는 단어가 자기 삶의 고립 상태에 반드시 따라올 필요는 없음을 이해하게 될 것이다.

2001년에 병에 걸렸을 때 나에게는 바이런 케이티가 제시한 이토록 귀중한 도구도 없었고 폴 틸리히의 말도 알지 못했다. 나는 외로움의 '빈곤'으로부터 고독의 '영광'으로 가는 여행을 해 보려고 애썼지만 그렇게 하기까지 4년이나 걸렸다. 처음에는 고립과 외로움이 같은 말이었고 나는 깊이 고통받았다. 급성질환 상태이던 초기 6개월이 지나고 나자 친구들이 나를 보러 오는 일이 거의 없어졌고 토니는 계속해서 하루 종일 일했다. 일을 그만둔 뒤에도 토니는 다른 볼일이나, 붓다의 가르침에 대한 활동이나, 아이들과 손녀 멀리아를 보기 위해 집을 떠나 있는 일로 여전히 바빴다. 나는 많은 시간을 혼자서 보냈다. 그리고 많이 울었다.

그러던 중 2005년 어느 날 한 오디오북을 듣게 되었다. 앤 패커가 쓴 《클라우젠 부두에서 다이빙하기*Dive From Clausen's Pier*》였다. 어느 부분에서 한 등장인물이 이렇게 말한다.

"외로움은 참 재미있어. 마치 어떤 사람 같아. 네가 허락만 한다면 얼마 지나지 않아 그게 너를 따라다닐 거야."

이 짧은 세 문장을 듣고 나자 순식간에 내 마음과 가슴이 열려서 홀로 있다는 것을 받아들이게 되었다. 그날부터 나는 고립을 친구로서 더 잘 환영할 수 있게 되었고, 외로움의 고통은 고독이라는 훌륭한 동반자로 바뀌었다.

물론 내가 언제나 성공하는 것은 아니다. 어떤 날에는 고독의 영광 속에 무척 기뻐하다가 어떤 날에는 너무도 외롭게 느껴져서 눈물을 흘린다. 또 어떤 날에는 예전에도 그러했듯이 데이비스라는 작은 마을에서 사회 정치적으로 무슨 일이 일어나고 있는지 모든 세부 사항을 알지 못해도 삶이 흘러가고 있기에 만족스러워한다. 다른 날에는 집 바깥의 뉴스에 굶주려 있다. 토니는 바깥소식을 원하는 나의 이런 경향을 잘 알고 있다. 최근에 토니는 여러 해 전에 대학생 신분으로 우리 집 정원 가꾸는 일을 했던 여성을 우연히 만났다. 그녀가 고통스러운 이혼을 경험했고 몇 년 동안 힘든 시간을 보냈음을 우리는 알고 있었다. 그녀는 한 남자를 새로 만나 행복한 사랑에 빠져 있다는 기쁜 소식을 토니에게 전했다. 토니는 그녀에게 이렇게 말했다고 한다.

"그래요, 집사람이 그 남자에 대해 어떤 것들을 궁금해할지 스스로에게 한번 물어보세요. 그리고 그걸 전부 나한테 말해 줘요. 내가 집사람에게 전해 줄 수 있도록."

외로움을 극복할 때 나는 두카라는 첫 번째 고귀한 진리에서부터 시작해서 이 책에서 설명한 수행법들을 이용한다. 그리고 모든 살아 있는 존재는 고통에 직면한다는 사실을 깨닫는다. 아프지 않은 사람조차 외로움의 고통을 경험할 수 있다. 나는 조코 벡의 가르침도 생각한다.

"이것이 바로 나의 삶이다. 이 순간 내가 외롭더라도 잘못된 것은 없다."

그런 다음 날씨 명상으로 옮겨 가도 된다. 외로움이라는 마음 상태가 다른 모든 것들처럼 영원하지 않음을 나 자신에게 일깨운다. 그것은 불어왔다가 곧 불어 나가서 아마도 고독의 평온함으로 대체될 것이다. 네 가지 거룩한 마음 상태를 연습하면 우울한 시기 동안 내 마음을 달랠 수 있다. 그리고 바이런 케이티의 질문을 이용하면 나에게 스트레스를 가져오는 생각이 타당한지 살펴볼 수 있다. 그것들은 '아무도 나에게 신경 쓰지 않아.' 혹은 '나는 언제나 쓸쓸할 거야.'처럼 종종 외로움을 느끼게 하는 생각들이다. 이와 같은 불교 수행과 불교에서 영감을 받은 수행들은 고립이라는 중립적인 상태를 외로움의 절망에서 고독의 평온함으로 변화시키기 위해 언제나 우리 뒤에서 기다리고 있다.

아픈 이들의 문화

               내가 '승가'에 대해 쓰겠다고 이야기했을 때 토니가 말했다. 자신은 그것을 단지 개인이 속한 영적 공동체로만 정의하지 않고 깨달음을 추구하는 문화로 정의한다고. 나는 승가에 대한 이런 관점이 참 좋다. 왜냐하면 만성병 환자가 유지할 수 없게 된, 얼굴을 맞댄 접촉 너머에 있는 원천까지 그 범위가 확대되기 때문이다. 깨달음을 추구하는 문화에는 영적 공동체에서 운영하는 홈페이지, 시디에 담긴 강연, 블로그 등이 포함된다. 검색 사이트에서 '불교'나 다른 종교 혹은 영적 전통을 찾아보라. 그러면 전통적 승가를 대신하는 데 도움이 되는 자료들로 넘치는 것을 발견하게 될 것이다.

  만성병 환자의 경우, 이처럼 승가를 넓게 바라보는 관점에 또 다른 문화가 추가될 수 있다. 병에 걸렸을 때 나는 깨달음을 추구하는 문화를 떠나서 '아픈 이들의 문화' 속으로 들어간 것 같았다. 어느 라디오 방송에서 수필가 리처드 로드리게스는 자신이 암 선고를 받았을 때 이렇게 '다른 미국' 속으로 들어간 것 같았다고 이야기한 바 있다. 나는 사람들과 이어지기 위해 인터넷에 접속을 하면 불교 사이트에 들어가는 것이 아니라 나처럼 병에 걸린 사람들의 블로그를 돌아다닌다. 이를 통해, 집 밖으로 거의 나갈 수 없는 만성피로증후군을 앓는 열일곱 살 소녀에서부터 두 딸을 키우느라 고군분투하며 다발성경화증(감각 이상이나 운동 장애가 나타나는 중추신경계 질환)을 앓는 어느 엄마, 그리고 침대에서 매일 블로그에 글을 올리는 당뇨병에 걸린 60대 남성까지 다양한 연령의 사람들을 만나게 된다.

이 사람들은 '두카'라는 용어를 사용하지 않는다. 예를 들어 그 10대 소녀는 독실한 기독교 신자이다. 그러나 그들은 고통에 대해 적고 있다. 이제 나의 승가에는 이런 만성병 환자들이 포함된다. 그들은 자기 삶 속의 고통이라는 사실을 직접 마주하게 된 사람들이며, 그것을 받아들이고 자신의 병뿐 아니라 인터넷에서 만나는 사람들에게도 자비심을 가지려고 나처럼 노력하고 있는 사람들이다. 그들이 불교 그 자체를 나와 공유하지 않는다는 사실은 문제가 되지 않는다. 그들은 내 승가의 일부이다.

그러나 그것은 나에게 제한적인 승가이다. 왜냐하면 컴퓨터를 쓸 수 있는 시간이 한두 개의 이메일을 읽고 답장을 보내고 몇 개의 블로그나 새로운 사이트를 확인하는 일로만 한정되는 날이 많기 때문이다. 그러나 많은 만성병 환자가 나처럼 그렇게 제한적이지는 않다. 그 병이 무엇이든 간에 자신과 똑같은 어려움에 직면한 사람들의 모임과 그들의 블로그를 당신은 쉽게 찾을 수 있다. 즐겨 찾는 블로그들에 남겨진

댓글들을 읽고 난 후, 나는 이런 인터넷상의 접촉이 생명줄이 될 수 있음을 알게 되었다. 어느 여성은 자신과 비슷한 증상을 가진 사람이 쓴 블로그를 발견하기 전까지는 외로움에 숨이 막힐 것 같았다고 썼다. 병에 걸린 후 처음으로 자신을 이해하는 사람과 이어질 수 있었다고 그녀는 이야기했다.

내 영적 공동체를 잃은 것, 그토록 많은 친구를 잃은 것, 그리고 많은 시간 홀로 지내는 것에 적응한 나의 경험은 '힘겨운 싸움'이었다고 말할 수 있다. 나는 대체적으로 이 힘겨운 싸움을 잘 이겨 냈지만 여기에는 시간과 노력과 많은 사람의 도움이 필요했다. 붓다와 그의 추종자들, 철학자, 소설가, 그리고 '아픈 이들의 문화'의 구성원으로서 자신의 경험을 인터넷에서 나눌 만큼 넓은 마음을 지닌 평범한 사람들이 그들이다.

18
내 삶에 잘못된 것은 아무것도 없다

바로 이곳이 이상향이다.
바로 이 몸이 붓다이다.
에카쿠 하쿠인(1685~1768, 일본의 고승)

*

'병과 함께 행복하게 살아가기'는 나에게 현재 진행 중인 과제이다. 어떤 날에는 나는 여전히 이렇게 울부짖는다.

"온몸을 짓누르는 이 만성피로를 단 하루도 더는 못 견디겠어!"

"내 생각이 내 몸의 증상을 더 심하게 만들든 말든 알 게 뭐야!"

"거실에서 들려오는 저 웃음소리 더 이상 듣고 싶지 않아!"

"이게 있는 그대로의 모습이든 뭐든 상관 안 해! 난 그만 아프고 싶어!"

이럴 때면 나는 티베트의 영적 지도자 달라이 라마가 제안하듯이 '내 머리를 붓다의 무릎에 올려놓는다'. 그리고 내가 이 책에서 소개한 수행법들 중 하나에 몸과 마음을 맡긴다. 붓다의 가르침과 그가 영감을 준 수행법들은 내가 그 시간을 이겨 내도록 언제나 기다리고 있다. 붓다는 나에게 계속해서 용기와 힘을 불어넣어 준다. 왜냐하면 그는 나에게 인간 존재 이상의 그 어떤 것이 되라고 한 번도 요구한 적이 없기 때문이다. 사실 붓다는 당신과 내가 아는 것처럼 고통이 다만 고통스러울 뿐임을 알았고, 불교 문헌들에서는 그 점을 분명히 하기 위해 세심한 주의를 기울였다. 붓다가 돌 조각에 베인 사건을 설명하는 이 구절을 보라.

"극심한 고통이 붓다를 엄습했다. 고통스럽고 따갑고 얼얼하고 찌르는 듯 괴롭고 불쾌한 기분이 몸에서 느껴졌다. 그러나 붓다는 전혀 고통스러워하지 않고 깨어 있는 마음으로 분명하게 이해하면서 그것들을 참았다."

나는 이 이야기를 붓다의 이미지에서 많이 보이는 평온함과 기쁨에 우리 모두가 이를 수 있음을 일깨우는 사건으로 받아들인다. 첫 번째 고귀한 진리로부터 나는 결코 멀리 벗어나지 않는다. 우리의 삶에 두카가 존재한다는 사실로부터. 또 나는, 우리의 삶이 언제나 아무 문제 없다는 조코 벡의 가르침도 생각한다. 설령 우리에게 끔찍한 문제가 있더라도 잘못된 것은 아무것도 없다. 그것이 바로 우리의 삶이다.

붓다가 살던 시대에는 그를 따르는 승려들이 일반 재가 신도들에게 음식을 받으러 마을로 내려갈 때 밥그릇을 하나씩 들고 갔다. 날마다 승려는 자신의 밥그릇에 담기는 것만을 먹었다. 그것이 아주 맛있는 음식들로 가득 채워지든 한입 거리밖에 안 되는 적은 양이든 관계없었다. 토니는 이것을 삶에 대한 비유로 사용한다. 우리는 우리의 밥그릇에 담기는 것을 갖는다. 토니와 나의 밥그릇에는 내 병이 담겨 있다. 때때로 이것은 우리에게 커다란 고통의 근원이었다. 그러나 밥그릇이 대개 산해진미로 가득 채워지는 사람들조차 밥알 몇 개밖에 주어지지 않는 때가 있다. 토니와 나의 밥그릇에는 내 병이 담겨 있지만 그곳에는 우리의 아이들과 손녀들도 있고 다른 축복들도 함께 있다. 이것이 우리에게 주어진 것이다.

2009년 10월, 어느 날 나는 라디오 방송을 듣고 있었다. 진행자가 컨트리 음악 가수이자 작곡가인 로잔 캐시를 인터뷰하고 있었다. 로잔 캐시는 몇 년 동안 손에서 일을 놓을 수밖에 없었다. 매우 희귀한 양성 질환 때문에 뇌 수술을 받아야만 했기 때문이다. 방송 진행자는 그녀에게 "왜 하필 나여야 하지?"라는 질문을 스스로에게 해 본 적이 있느냐고 물었다.

로잔 캐시는 대답했다.

"아니요."

실제로 그녀는 스스로에게 이렇게 말했다고 했다.

"내가 아니어야 할 이유가 뭐지?"

그녀에게는 의료보험이 있었고, 오랜 기간 회복하느라 그만두게 될지도 모르는 매일 출근하는 직장도 없었고, 자신을 돌봐 주는 훌륭한 배우자도 있었기 때문이다.

로잔 캐시의 말은 나에게 큰 영향을 주었다. 이제 나는 '왜 하필 나여야 하지?'라는 분위기 속으로 가라앉기 시작하는 날이면 '내가 아니어야 할 이유가 뭐지?'로 생각을 전환한다. 나에게도 의료보험이 있고, 나 또한 일을 그만두어야 했을 때 경제적으로 고통을 겪지 않았다. 지출을 좀 줄이는 것 외에는. 그리고 나 역시 나를 가장 잘 돌봐 주는 사람이 있다. 그러니 내가 아니어야 할 이유가 무엇인가?

나는 페이스북(서로 친구를 맺어 직접 글을 쓰거나 상대가 올린 내용에 답을 하며 교류할 수 있는 인터넷 사이트)을 이용하고 있다. 원래는 가족들과 낱말 퍼즐 게임을 하려고 가입했었다. 그러나 차츰 페이스북 친구가 늘어나기 시작했고, 그중에는 내가 개인적으로 모르는 사람들도 있었다. 내 아이들의 친구들이기 때문이다.

2009년, 랜스 암스트롱(미국의 사이클 선수로 고환암을 이기고 투르드프랑스 사이클 대회에서 일곱 번 우승했음)이 은퇴 후 복귀하여 첫 출전하는 경기가 미국에서 열렸을 때 데이비스가 그 출발 지점이었다. 우리 동네처럼 작은 도시에서 이것은 매우 중요한 지역 행사이다. 비가 내릴 것이라는 일기예보에도 불구하고 경기가 시작될 정오 무렵엔 많은 인파가 시내에 몰릴 것이라고 지역 신문들은 예상했다. 내가 지난 몇 년 동안 만나지 못한 사람들이 그곳에 모일 것이었다. 이런 사교 모임의 일원이 될 수 없다는 사실에 좌절감과 짜증과 외로움이 밀려왔다. 하지만 인터넷에다 하소연을 하고 싶지는 않았기 때문에 나는 내 페이스북에다만 이렇게 적었다.

"침대에 누워 내리는 비를 바라보네."

한 번도 만난 적이 없어서 내가 아프다는 사실을 전혀 모르는 딸아이의 친구 스테파니가 내 글에 이런 사랑스러운 답변을 달았다.

"정말 완벽한 상태인 것처럼 들려요!"

나는 순간적으로 생각했다.

'그래, 너한테는 완벽하겠지.'

하지만 다음 순간, 내 삶이 진정으로 완벽하다는 사실을 깨달으며 나는 미소 지었다. 내 삶에 잘못된 것은 아무것도 없다. 이것이 나에게 주어진 삶이다. 이것이 바로 나의 삶이다.

아플 때나 건강할 때나 내 진심 어린 기원은 다음과 같다. 당신이 평화롭기를, 편안한 행복을 누리기를, 고통의 끝에 이르기를, 그리고 자유롭기를.

살아 있다는 것

우리는 태어나고 자라고 병들고 죽는다. 정도의 차이는 있겠지만 누구도 여기에서 자유로울 수 없다. 이 책은 그러한 삶의 과정에서 맞닥뜨리는 고통과 괴로움에서 벗어날 수 있도록 도와주는 책이다.

저자 토니 버나드는 자신의 삶에 예기치 않게 다가온 만성병을 받아들이면서 병과 함께 살아가는 법을 가르쳐 준다. 토니는 병에 걸리기 전에도 불교 사상에 관심을 가지고 명상 프로그램에 참가하곤 했기 때문에 그녀의 가르침은 주로 불교 원리에 바탕을 두고 있지만 이 책은 불교를 전파하기 위한 책이 아니며 아픈 사람만을 위한 책도 아니다. 이 책은 나날의 삶에서 고통을 느끼며 현재 상태가 아닌 다른 무엇인가를 원하는 우리에게 삶의 무상함과 고정된 '나'라는 실체가 존재하지 않음을 일깨우는, 우리 모두를 위한 책이다.

토니 버나드는 붓다의 가르침을 토대로 인생에 두카가 존재한다는 사실과 무상과 무아의 개념을 차례로 설명한다. 그리고 나서 공감의 기쁨, 자애, 자비, 평정심으로 표현되는 '네 가지 거룩한 상태'를 이야기한다. 병상에 누워 있는 동안 이것들의 도움을 받아 어떻게 마음의 평안을 찾게 되었는지를 경험을 통해 전달한다. 또한 기분을 객관적으로 관찰하여 '고통의 바퀴'에서 내려오는 법과 세상의 고통을 들이마시고 내 마음속 친절과 평온과 자비를 세상 밖으로 내쉬는 티베트 불교의 통렌 수행법, 그리고 미국의 영적 교사 바이런 케이티가 제안한 질문 수행법도 소개한다. 이것들은 아픈 사람이든 건강한 사람이든 매일의 삶에서 연습해 볼 수 있는 기법이다. 나아가 현재 순간에 존재함으로써 과거에 대한 집착과 미래에 대한 불안에서 벗어나는 방법을 일러 주고, 병과 더불어 살아가면서 지혜롭게 행동하고 대화하는 법, 선시를 통해 배우는 불교의 가르침과 공동체의 중요성도 소개한다.

인종차별에 반대하고, 지지하는 정당이 뚜렷하며, 둘째 아이를 한국에서 입양해 키운 토니 버나드는 남편과 함께 캘리포니아 주 데이비스에 줄곧 살고 있다. 그녀의 홈페이지http://www.howtobesick.com를 방문해 보면 책에 대한 서평과 더불어 만성병에 도움 되는 정보, 상좌부 불교와 티베트 불교 소개, 좀 더 많은 잇사의 하이쿠, 병에 걸리기 전 그녀가 그린 그림, 침대에 누워 코바늘로 뜬 모자와 목도리, 다양한 피부색의 가족사진을 볼 수 있다. 홈페이지와 연결된 페이스북에 들어가 보면 책 속에 나오는 아잔 차, 아야 케마, 페마 최된 같은 스승의 사진, 오르세 미술관에서 하염없이 바라보아야만 했던 모네의 작품, 다양하고 재미난 동물 사진과 그림, 좀 더 많은 가족사진을 만날 수 있고 자애 수행의 대상으로 삼은 세라 페일린의 사진도 볼 수 있다.

책을 쓰고 나서 관심과 집중을 받게 되면 작가로서 여러 외부 활동을 하지 않을 수 없을 텐데 저자는 지금도 집에 누워 나날을 보내고 있다. 독자에게 영감과 깨달음을 주는 가르침을 전하고 있지만 그녀가 여전히 집에 머물러 있어야만 한다는 사실이 마음을 아프게 한다. 하지만 토니는 살아 있는 존재는 아프다는 것, 바로 그것이 우리의 모습이라는 사실을 떠올리며 얼굴에 미소를 띤 채 침대에 누워 있을지 모른다. 때때로 찾아오는 부정적인 감정에 직면하겠지만 그것 역시 바람처럼 날아가리라고 생각하면서.

이 책을 번역하기 얼마 전, 다른 작업에 몰두하느라 하루 종일 같은 자세로 앉아서 몇 주를 보낸 적이 있었다. 그 몰입이 순수한 것이었다면 좋았겠지만 사실 마음 깊은 곳에는 미래에 대한 두려움과 불안이 더 크게 자리 잡고 있었고, 그런 긴장 상태가 오래 계속되다 보니 몸에 약간의 이상이 생기고 말았다. 번역하는 동안에는 증상이 곧 나아지리라 생각해서 별다른 조치를 취하지 않았는데 생각보다 그 '이상 증세'는 오래 지속되었다. 몸에 생긴 이상 때문인지 시간이 흐르면서 마음도 점차 힘을 잃어 사소한 일에도 화를 내고 투덜거리게 되었다.

번역을 마치고 얼마간 시간이 흐른 뒤, 이 책을 펴낼 준비를 하면서 원고를 다시 읽어 보니 토니 버나드가 전하는 가르침에서 내가 무척 멀어진 상태라는 사실을 깨닫게 되었다. 나는 은연중에 이렇게 생각하고 있었던 것이다. 토니 버나드는 만성병에 걸린 '아픈 사람'이고 나는 비교적 '건강한 사람'이니 이 책의 가르침들은 온전히 나를 위한 것이 아니라고. 그리고 나는 건강에 큰 문제 없이 살고 있기 때문에 이 책에 나오는 가르침을 하나하나 실천할 필요는 없다고. 다시 원고를 읽어 보니, 이 책에 나오는 내용은 내면의 힘을 잃고 살아가는 동안 내가 필요로 했던 바로 그 가르침들이었고, 중병에 걸린 것이 아니라 약간의 불편함만 느끼고 있더라도 내가 매일 실천하기에 손색이 없는 수행법들이었다. 몸이 아프지 않은 사람일지라도 삶 속에서 경험하는 고통과 우울, 좌절과 고난을 극복하고 넘기는 데 이 책이 많은 도움이 되리라 생각한다. 이 책을 가까이에 두고서 반복해 읽어야 하는 이유가 그것 때문이 아닐까.

이 책을 읽고 있는 우리는 살아 있고, 살아 있는 모든 존재는 아픔을 경험한다. 고통은 살아 있는 존재의 필연적인 측면이다. 처한 상황이 아무리 고통스럽게 느껴질지라도 나만 그런 것이 아니라는 것, 살아 있는 모든 것은 아프다는 사실을 깨닫게 된다면 우리 마음은 한결 편안해질 것이다. 모든 것은 변화하고 있으며, 삶은 저마다의 길을 따라 진행되고 있다. 무엇이 주어지든 있는 그대로 받아들인다면 바람이 제 갈 길로 불어 가듯 삶도 그렇게 흘러갈 것이다. 살아가고 있는 이 삶에 잘못된 것은 없다.

이 책을 번역하는 나를 옆에서 지켜보며 물심양면으로 도와준 가족들, 원고의 첫 독자가 되어 준 사촌동생 하나, 거듭되는 수정 요청도 기꺼이 수용하며 좋은 책을 만들어 준 편집자들, 마음에 울림을 주는 이 책을 소개해 준 류시화 시인께 감사하다는 말씀을 전하고 싶다.

옮긴이 이현

지은이 **토니 버나드**

—

토니 버나드는 2001년 파리 여행에서 원인 모를 병에 걸렸고, 처음에는 의사들이 그 병을 급성 바이러스 감염으로 진단 내렸으나 결국 회복되지 못했다. 1982년 데이비스에 있는 캘리포니아 대학교 법대를 졸업했으며, 졸업한 직후부터 20년 동안 그 대학의 법대 교수로 재직하면서 갑작스러운 만성병으로 어쩔 수 없이 물러나게 될 때까지 6년간 법대 학생처장을 맡기도 했다. 정체 모를 병에 걸리기 한참 전인 1992년부터 그녀는 불교 공부와 수행을 시작했는데, 그후 많은 명상 프로그램에 참여했으며 캘리포니아에서 명상 그룹을 지도하기도 했다.

토니는 이 책을 침대에 몸이 매인 상태에서 썼다. 배 위에 노트북을 올려놓고 자료들을 이불 위에 늘어놓고는 팔이 닿는 위치에 프린터를 두고서. 이 책은 2011년 노틸러스 북 어워드의 자기계발·심리학 분야에서 금상을 수상했고, 비영리 인터넷 단체인 '영성과 수행'의 2010년 최고의 책으로 선정되었다. 현재 남편과 함께 데이비스에 살고 있다.

옮긴이 **이현**

—

조지메이슨 대학교 법학 석사 과정을 졸업했고, 10년 가까이 법률과 관련된 일을 했다. 새로운 문물을 접하기를 좋아하고, 삶과 죽음의 문제, 우리가 살아가고 있는 이 지구라는 행성, 사람 사이의 소통과 심리학에 관심이 많다. 삶의 보다 본질적인 의미를 찾고자, 이 세상에 작게나마 보탬이 되는 일을 하고자 명상 서적을 우리말로 옮기고 있다.